SENSATIONS POÉTIQUES

ET

FEUILLETONS EN PROSE.

SENSATIONS POÉTIQUES

ET

FEUILLETONS EN PROSE,

PAR

Gustave Fleury.

Moi je suis l'instrument qui sous tes doigts résonne.
(*Sensations poétiques.*)

DUNKERQUE,
Imprimerie de Drouillard.
1836.

DÉDICACE.

C'est sous la chaude influence de ton souvenir que j'ai écrit plusieurs de ces essais. Permets que je te les dédie et pardonne s'ils ne sont pas plus dignes de toi. Si ton âme n'est pas changée, tu reconnaîtras facilement dans cet opuscule les passages qui s'adressent à toi, et, si ton cœur bat plus vîte, si ton œil verse une larme en les lisant, je recevrai par cela même la seule récompense que j'ambitionne et le plus doux encouragement possible pour m'engager à faire, par la suite, ou mieux ou moins mal.

SENSATIONS POÉTIQUES

ET

FEUILLETONS EN PROSE,

PAR

GUSTAVE FLEURY.

LE BAL.

D'amour je craignais la flamme,
Et mon âme,
Semblable au luth vierge encor,
Attendait dans son enfance
La présence
De son astre aux cheveux d'or.

Car mon âme est une lyre
Qui soupire
Au moindre souffle amoureux;
Une lyre qui sommeille
Et s'éveille
A l'aspect de deux beaux yeux.

Un soir, dans un cercle immense
        Où la danse
Mêle ses gais tourbillons;
Dans un bal où la jeunesse
        Boit l'ivresse
Que versent nos passions;

A la suave lumière
        Dont s'éclaire,
La nuit, le bal radieux;
Mes regards tombent sur elle;
        Sa prunelle
Sur moi lance tous ses feux.

Les cœurs volent sur ses traces,
        Et les grâces
Semblent conduire ses pas;
Et la jeune fille, heureuse
        [illegible],
Ne s'en énorgueillit pas.

Sur son épaule d'albâtre,
        Un folâtre
Et trop inconstant tissu
Montre sa gorge naissante
        Qui nous tente
De son satin demi-nu.

Son sein que la walse agite,
        Bat plus vite
Sous mes regards envieux;
Du matin à peine éclose,
        Une rose
Parfume ses blonds cheveux.

Je connais donc la sylphide
        Qui décide
Désormais de mon bonheur;
Pendant la walse brûlante,
        Mon amante
Peut sentir battre mon cœur.

Car je la trouve si belle,
Qu'infidèle
A fuir les chastes amours;
Je lui donne avec tendresse
La promesse
De n'aimer qu'elle toujours.

Sur moi son regard céleste
Fait le reste
De cette séduction;
Je suis sûr que si je l'aime,
Elle-même
Partage ma passion.

La nuit passe comme un rêve
Que soulève
Les premiers rayons du jour;
Mais je possède une amie
Et ma vie
Se dore des feux d'amour!

MONSIEUR ADRIEN LE SORCIER.

LE PETIT VIEILLARD. — LE SORCIER DANS SON INTÉRIEUR. — ANECDOTES.

Je prenais mon gloria samedi au *Café Italien* en parcourant un poème nouveau que mon libraire venait de m'envoyer de Paris; mais ne pouvant malgré ma bonne volonté comprendre la poésie de l'auteur, je jetai le livre sur la table de marbre où j'étais accoudé, en m'écriant: Ma foi! il faudrait être sorcier pour comprendre cela. — Vous croyez donc aux sorciers, monsieur? — A cette question à bout portant, je tournai la tête pour voir qui me la faisait. C'était un petit vieillard à lunettes vertes, coiffé d'un tricorne et portant encore, malgré nos deux grandes révolutions, de la poudre, une queue et des ailes de pigeon. Il s'appuyait des deux mains sur un jonc à pomme d'or presque aussi haut que lui. Monsieur, je n'en sais trop rien, lui répondis-je le plus poliment que je le pus, en dissimulant une extrême envie de rire; mais je vous assure que quelquefois j'appellerais volontiers un sorcier à mon aide, surtout lorsque, comme tout à l'heure, je lis certaines poésies de la nouvelle école. — Que ne vous adressez-vous à M. Adrien? me dit le petit vieillard. — Je ne connais pas M. Adrien, monsieur! — Vous ne connaissez pas M. Adrien? — Non en vérité. — Eh bien! ce M. Adrien est un sorcier arrivé depuis peu à Dunkerque. Il demeure rue d'Orléans, donne des séances au public, et il sera, j'en suis certain, charmé de recevoir votre visite. Cela dit, mon interlocuteur me tourne le dos et me laisse achever ma tasse de café. Il n'était que trois heures après dîner; et comme j'avais du temps de reste et que je ne pouvais pas raisonnablement faire du gloria jusqu'au soir, après quelque hésitation je me résolus à suivre les indications du petit vieillard et à aller visiter M. Adrien. Je ne suis pas homme à m'effrayer pour un peu de magie de plus ou de moins, mais je dois avouer que mon cœur battait plus vite que de coutume en montant l'escalier qui mène à l'appartement du sorcier. Je frappai à sa porte, mais pas trop fort; il m'invita à entrer, et je le trouvai se chauffant bourgeoisement à un bon feu, entre sa femme et ses enfants; cela me rassura tout-à-fait. Un sorcier qui se chauffe, un sorcier qui a une femme et des enfants et qui joue avec ses marmots comme Henri IV jouait avec les siens, ne devait pas être selon moi un sorcier bien farouche et bien redoutable; aussi lui expliquai-je franchement le motif de ma visite et la manière singulière dont on m'avait donné son adresse. Hélas! monsieur, me répondit-il, n'ayant jamais pu moi-même comprendre ces messieurs, comment pourrais-je les faire comprendre aux autres? Cette réponse étant sans réplique, la conversation roula ensuite sur mille objets divers, et le sorcier me conta avec une bonne volonté toute particulière quelques épisodes comiques de sa vie d'artiste dont j'enrichis mes tablettes.

Croirez-vous bien, me dit-il, qu'étant à Bordeaux en représentation, je faillis m'attirer une mauvaise affaire pour un plat de mon métier que j'avais servi aux priseurs de la salle de spectacle. J'avais escamoté le tabac de leurs tabatières et substitué en sa place ce que le peuple appelle, dans la consommation journalière, du café-chicorée économique ou indigène. Dieu vous en garde, monsieur! Ce fut une émeute, une véritable émeute. L'indignation de tous ces nez privés de leur poudre chérie étant à son comble, le commissaire de police dut intervenir, et enfin le silence se rétablit. Mais pendant toute la durée du spectacle ce ne fut qu'une allée et venue continuelle de tous les priseurs sortant pour renouveler leurs provisions, aux rires réitérés du parterre.

Le lendemain matin je reçus deux lettres que j'ai conservées. La première, celle d'une marchande de tabac, était accompagnée d'une demi-livre de Virginie, en remerciement de la vente extraordinaire que je lui avais fait faire. Dans la seconde, qui n'était pas signée, on me menaçait d'une volée de bois vert que je ne reçus pas et dont je fus quitte pour la peur. Le soir il y eut foule au théâtre, et la meilleure recette que j'eusse encore faite de ma vie ne me coûta que quelques sous de chicorée.

Un samedi matin, à la dernière foire de Lille où j'avais fait construire une loge, un paysan prend un cachet. Il entre; moitié tremblant, moitié riant, il suit mes exercices avec tout l'étonnement d'un homme qui arrive de son village; et lorsque, pour le bouquet, j'escamote ma femme, le bon homme se met à pleurer à chaudes larmes. Je m'approche de lui et je m'informe du sujet de sa tristesse. Hélas! monsieur, me répond-il, je pensais que si vous le vouliez, vous pourriez faire mon bonheur! — Comment cela, brave homme? Pardieu! je suis tout à votre disposition. — Eh bien! rendez-moi donc le service d'escamoter ma femme; ce sera avancer mon paradis, ni plus ni moins. — Alors le paysan se ravise: mais, monsieur, les femmes que vous escamotez reviennent-elles? — Oui sans doute. — Eh bien ! en ce cas, ce n'est pas la peine: quand Thérèse a été huit jours absente, elle crie encore plus haut quand elle revient. Cela dit, mon homme met son chapeau et part sans vouloir davantage que j'escamote madame son épouse.

Tenez, monsieur, je ne finirais pas si je voulais vous conter tout ce qui m'est arrivé de gai et de triste dans le cours de mes voyages ; j'ai joué mon rôle d'escamoteur dans bien des drames et dans bien des comédies, et si je ne craignais pas de vous dire trop de bien de moi, je vous parlerais de mon adresse et de mes talents que les gens crédules pensent que je tiens du diable en droite ligne. J'aime mieux que vous vous prononciez vous-même après m'avoir vu à l'œuvre. Je donne ce soir une séance au collége, voulez-vous y assister? — Parbleu! monsieur Adrien, cela ne pouvait pas mieux tomber; monsieur le Principal du collége, que j'ai l'honneur de voir assez souvent, me fera faire, j'en suis sûr, une petite place parmi ses élèves.

A ce soir donc, monsieur. — A ce soir.

SÉANCE AU COLLÉGE. — MONSIEUR BENJAMIN.

Six heures viennent de sonner. Je me présente au collége où comme je l'ai prévu je suis admis sans difficulté à la séance de M. Adrien. Je ne crois trouver là que des jeunes gens et des petits garçons; mais je suis agréablement surpris, il y a des dames. Pour ma part je ne comprends pas une réunion sans dames; sans elles tout plaisir est fade et sans couleur. Le gazon n'emprunte-t-il pas aux violettes son plus suave parfum? Le parterre qui flatte le plus la vue n'est-il pas celui où l'œil rencontre des roses? Qu'on dise si l'on veut que cela sent le compliment d'une lieue, que cela est vieux, sans esprit, que m'importe; j'ai donné mon avis, libre à chacun de ne pas le trouver bon. Silence donc messieurs! voici le rideau qui se lève, voici venir M. Adrien et son paillasse M. Benjamin. M. Benjamin! c'est le sixième doigt de la main droite de M. Adrien, c'est le sixième sens de l'escamoteur. M. Adrien et M. Benjamin, c'est un mystère en deux personnes qui n'en font qu'une lorsqu'il s'agit de montrer au spectateur la lune en plein midi et de lui faire prendre du vert pour du rouge, du blanc pour du noir, un lapin pour une colombe. Mouchez les chandelles, monsieur Benjamin, et prenez bien garde de les éteindre, nous avons besoin de voir le plus clair possible, M. Adrien commence ses prestiges... Eh mais ! je crois maintenant que nous y voyons trop... nous n'y voyons plus que du feu !

Voici le dé géant qui passe à travers les chapeaux sans laisser plus de traces de son passage qu'un rayon du soleil n'en laisse sur la surface diaphane d'une glace qu'il traverse ; voici le boulet de canon qui prend la place du dé dans le chapeau à peine assez large pour le contenir.

Donnez vos mouchoirs brodés au sorcier, mesdames ! Prêtez-lui vos foulards et vos gants, messieurs ! Voilà deux bouteilles pleines de vin à dix pas l'une de l'autre : dans laquelle de ces deux bouteilles voulez-vous que tout cela entre ? dans celle qui est placée à gauche, dites-vous ? Eh bien ! que votre volonté soit faite ! Passez, gants ! passez, foulard ! passez, gentils mouchoirs brodés ! Qu'on donne un marteau à M. Adrien, qu'il casse la bouteille. Bien ! la voilà qui vole en éclats : le vin est parti, où est-il ? M. Benjamin l'a-t-il bu ? Possible ! mais les mouchoirs et les gants le remplacent. Bravo M. Adrien ! Je prête ma montre à M. Adrien ; un petit lapin tout noir et joli à croquer me la rapporte pendue à son cou, puis M. Adrien escamote le lapin, il escamote une tourterelle, des haricots, du son, du riz, des pièces de cinq francs ; et au milieu de tous ces objets, de tous ces animaux escamotés par le sorcier, je me trouble, la tête me tourne et je me tâte pour m'assurer si je suis encore dans mes habits et si M. Adrien ne m'a pas escamoté moi-même ! Vous conterai-je la scène de *Grégoire* où M. Adrien à l'art du ventriloque joint la science de l'escamoteur et porte l'illusion à sa plus grande perfection possible ? Vous dirai-je cette phrase que j'ai écrite, que j'ai brûlée et que je retrouve sous vingt enveloppes et cent cachets dans l'espace de quelques minutes ? Non, peut-être me prendriez-vous pour le compère de l'escamoteur. Vous parlerai-je des œufs qui dansent, des pantins qui dansent, des cartes qui dansent ; car M. Adrien fait tout danser, même ce qui n'a pas de jambes. Mais M. Adrien n'y regarde pas de si près. Des jambes ! fi donc ! tout le monde en a, c'est trop commun ; qui ne danse pas avec des jambes ? Mais danser sans jambes, enseigner à danser à qui n'a pas de jambes, voilà le subline de l'art. M. Adrien, décidément, si vous le voulez, je vous prendrai pour mon maître à danser.

Mais n'allez pas vous imaginer au moins que cela soit pour M. Adrien les colonnes d'Hercule, le *nec plus ultrà* des connaissances qu'il possède. Le port n'est pas loin; courez au port, armez un navire, partez pour les Indes, et revenez vite car nous vous attendons; revenez avec une cargaison de jongleurs du pays, M. Adrien les attend de pied ferme, M. Adrien les défie. Les boules, les bilboquets, les cercles, les poignards sont des esclaves soumis qui lui obéissent. Il leur donne des ailes comme il en donne sans doute à ses lapins, à nos foulards et à nos écus de cent sous. Les boules, les bilboquets, les cercles, les poignards se croisent, se mêlent, jaillissent en gerbes, rayonnent en soleils, et nous voyons à peine se mouvoir, tant elle est habile, la main qui leur imprime le mouvement. Devant les astres de cuivre et les poignards frais-émoulus de M. Adrien, M. Benjamin s'est fait petit, il s'est éclipsé: les poignards coupent, les boules sont lourdes, il ne fait pas bon maintenant près du jongleur. M. Benjamin ne reparaît plus et le rideau tombe. La fantasmagorie vient terminer la séance. Sans doute vous me saurez gré de ne pas vous parler de la fantasmagorie. La fantasmagorie n'est-elle pas cousine-germaine de la lanterne magique, et qui de nous ne connaît pas toute cette magique famille? Et puis, la fantasmagorie n'est plus M. Adrien et c'est M. Adrien qui est aujourd'hui mon héros!

Résumons-nous donc: M. Adrien est sorcier et personne plus que lui n'aurait droit à être brûlé en place publique, s'il était encore dans nos mœurs de rôtir un homme à petit feu pour crime de sorcellerie. M. Adrien est sorcier, et de nos jours c'est là le titre de gloire de M. Adrien. Ce mot *sorcier* ajouté au nom de M. Adrien, c'est le qualificatif *grand* ajouté au nom d'Alexandre et de Louis XIV. M. Adrien trouve sa gloire à être sorcier, comme Alexandre et Louis XIV trouvaient la leur à être grands.

APPARITION.

Sur son cercueil tombait une froide poussière
Que le prêtre en priant de sa main lui jetait,
Et nous étions là tous, mêlant notre prière
A celle que tout bas le prêtre prononçait.

Et mes larmes coulaient : car il est dans mon âme
Une corde qui vibre au souffle des douleurs ;
A l'aspect des tombeaux, faible comme une femme,
Sur un cercueil ami, j'aime à verser des pleurs.

Et voulant prolonger mes adieux au jeune homme,
De mes sombres pensers laissant errer le cours,
Pour rêver je m'assis sur une tombe, comme
Sur un champ de carnage un barde des vieux jours.

Et de là, contemplant la fosse encore ouverte
Que l'homme des tombeaux remplissait sans émoi;
Chantant insoucieux, dans l'enceinte déserte,
Un psaume dont l'écho retentissait en moi ;

Je crus voir tout-à-coup une figure blanche
S'approcher à pas sourds du fossoyeur surpris,
Et du dernier cercueil levant la lourde planche,
De ce que je pleurais me montrer les débris.

Et le cadavre alors se levant de sa couche,
Fixa sur moi ses yeux qu'il referma soudain;
Un murmure plaintif s'exhala de sa bouche,
Vers le Ciel sans nuage il étendit la main.

Un soir riant d'été rafraîchissait la terre,
L'air était calme et pur ; de ses derniers rayons
Le soleil caressait l'enceinte funéraire,
Où le chantre des nuits modulait ses chansons.

Comme si sa matière eût compris ce spectacle,
Le cadavre à l'instant rouvrant ses yeux hagards;
Mon incrédulité dut céder au miracle,
Et de sa vaste horreur fascinait mes regards.

Et du mort de nouveau la voix se fit entendre......
J'écoutai ces accents aux mortels inconnus,
Et ces accords sans nom que rien ne pourrait rendre,
Car Dieu faisait parler celui qui n'était plus!

Ce n'étaient ni les sons de la langue sacrée
Qui de nos temples saints montent vers le Seigneur;
Ni la note suave au plaisir consacrée,
Ni l'hymne que le barde a puisé dans son cœur.

C'était l'écho puissant d'une voix surhumaine,
Un long gémissement parti d'un antre obscur,
Le cri d'un condamné dont on brise la chaîne,
Le dernier chant du cygne au sein d'un ciel d'azur!

La joie et la douleur, par un hymen étrange,
Enfantaient les accords du cadavre vivant;
C'étaient des chants confus et de démon et d'ange,
Equivoque produit de vie et de néant.

Une froide sueur sillonnant mon visage,
Et mon sang se figeant à ce spectacle affreux,
Long-temps je demeurai sans force et sans courage,
L'effroi, comme un nuage, obscurcissait mes yeux.

Et vers moi tout-à-coup s'avança le fantôme;
Mon destin, me dit-il, te dévoile ton sort:
Tu te crois fort, peut-être, et tu n'es qu'un atome;
L'avenir ici-bas, pour l'homme, c'est la mort!

Et son doigt me montrait sa fétide demeure,
Son cercueil étonné d'être vide un instant;
Puis il serra ma main et dit: Voici mon heure!
Adieu! mais souviens-toi que là-bas l'on t'attend!

Alors, s'enveloppant de son drap mortuaire
Dont les plis frémissaient sous la brise du soir,
Pour son dernier sommeil il rentra dans sa bière,
En me jetant ces mots lugubres: Au revoir !!

Le fossoyeur alors put achever sa tâche........
La terre de nouveau tombant sur le cercueil,
De son voile de mort le couvrit sans relâche;
Comme, au milieu des mers, le flot couvre un écueil.

Pâle, je me levai du marbre tumulaire;
La nuit était venue et je sentis la peur,
Lorsque je traversai l'immense cimetière,
Fouiller dans ma poitrine et me saisir le cœur.

Emma, le lendemain, passant sa main badine
Dans les cheveux touffus sur mes tempes tombants,
En aperçut plusieurs dont la teinte argentine
Déparaient mon front de vingt ans.

Oh! frère, tu vieillis, me dit l'enfant folâtre,
De tes beaux cheveux noirs cesse donc d'être fier!
J'en vois cent sur ta tête aussi blancs que l'albâtre;
Tu ne les avais pas hier.

Pourquoi?... Sur mes genoux j'attirai la rieuse.
« Si je parlais, ma sœur, je te ferais frémir;
» Et de toute la nuit, jeune fille peureuse,
» Ton sommeil ne pourrait venir.

» Ce soir, quand sonnera l'heure de ta prière,
» Songe aux êtres si chers que nous avons perdus;
» Emma, prie un instant, en fermant ta paupière,
» Pour nos amis qui ne sont plus!! »

LE CARNAVAL.

Il est un temps pour la folie!
(*Refrain d'une vieille chanson.*)

Que vous dirai-je du Carnaval que vous ne le sachiez déjà? Qui dit Carnaval, ne dit-il pas gais propos, paroles grivoises, paroles à deux sens et à deux figures; voix menteuses, visages masqués, bossus, polichinelles, arlequins, gilles, que sais-je?

Amusez-vous, amusez-vous, vous tous qui avez de la jeunesse au cœur, du feu dans les sens, des rêves dans l'imagination; amusez-vous jeunes garçons et jeunes filles; mais veillez papas et mamans, car le Carnaval est un grand séducteur! Vienne Argus, et qu'il vous prête ses cent yeux, et les cent yeux d'Argus vous suffiront à peine. Le tentateur est si malin, si hardi, si entreprenant sous le domino et sous le masque!

Amusez-vous, amusez-vous; ne voyez-vous pas déjà le Mercredi-des-Cendres vous montrer de loin sa face blême et maigre, son regard repentant, son front noirci de poussière? Mangez! buvez! dansez! soyez ivres! soyez fous! demain viendra l'abstinence, demain viendra le jeûne!

Mais aujourd'hui, l'entendez-vous venir le joyeux Carnaval? Il arrive comme Momus la marote en main; il agite ses grelots, il rit, il danse, il chante et il vous invite à l'imiter. Voyez, il est couronné de pampres et de fleurs; il est libertin, il est séducteur, il ne doute de rien; il sait qu'on l'aime. Prenez-le pour votre guide, pour votre Mentor, pour votre roi. N'est-il pas en effet le Dieu des plaisirs de l'hiver? Que la flamme de vos foyers pétille et dore le chapon de Bresse, la dinde indigène embaumée des émanations suaves de la truffe du Périgord! Que les bouchons du Champagne bondissent avec un doux bruit jusqu'au plafond de la salle à manger, le Carnaval viendra s'asseoir avec vous à votre table; il aime le vieux vin, les chansons joyeuses à la fin d'un long repas, les vieux refrains, les rondes naïves que l'on répète en chœur.

Puis viennent le soir et le bal! car c'est au bal que le roi de l'hiver, que le Carnaval a fait élever son trône. C'est là qu'il rassemble ses sujets, c'est là qu'il dispense ses grâces et ses faveurs, c'est là qu'il règne!! Voyez en effet, la salle est resplendissante des feux de mille bougies, l'orchestre répand l'harmonie à flots comme les bougies la clarté. On se presse sans se reconnaître, on se parle sans s'entendre. Les intrigues se mêlent, la curiosité étouffe de désirs qu'elle ne peut satisfaire; la curiosité est aux abois! Tout homme que le Carnaval a fait venir là pour lui rendre hommage, est une énigme pour son voisin, une énigme vivante et parlante que chacun s'excite à deviner; mais dans ce labyrinthe trouverait-on son chemin avec le fil d'Ariane? Pour dénouer ce nœud gordien ne faudrait-il pas l'épée d'Alexandre? Que dis-je? les cordons du masque ne sont-ils pas sacrés; la barbe de satin du masque peut-elle se soulever autrement que par le souffle indiscret qu'éveille la valse qui tourbillonne? Vous êtes au bal masqué, souvenez-vous en, armez-vous de patience; si vous pouvez tout dire, vous êtes, par compensation, obligés de tout entendre; ce sont là les épines de la rose, et vous savez, hélas! que toute rose a les siennes. Le roi de la fête, le Carnaval, est un monarque essentiellement indiscret et bavard. Faites votre cour au monarque, soyez indiscrets et bavards comme lui. Le monarque a un défaut; faites-vous une vertu du défaut du monarque; ne vous piquez pas de sagesse lorsqu'il vous donne l'exemple de la folie. Eh quoi! auriez-vous donc la prétention, vous courtisans du Roi-Carnaval, d'être plus raisonnables et moins flatteurs que tous les autres courtisans vos confrères, passés, présents et à venir? Non! lancez-vous plutôt dans les galops, mêlez-vous aux contredanses où flottent tant de plumes, tant d'écharpes, tant de rubans, où scintillent tant d'or faux, tant de diamants faux, tant de ces riens qui coûtent si cher! Le Carnaval a touché tous ces danseurs de sa baguette magique, il les a métamorphosés en Russes, en Turcs, en Anglais, en Arabes, en Chinois, et toutes ces nations se mêlent et font trêve à toutes leurs haines politiques, vieilles ou récentes; toutes se donnent la main, toutes oublient le passé et s'inquiètent peu de l'avenir. Que fait à ce Russe la navigation libre du Bosphore? à ce Turc le succès des armes de Méhémet-Ali? à cet Anglais la réforme? à cet Arabe de l'Atlas la prise de Mascara? à ce Chinois la récolte du thé? Peu de chose ou rien, je vous assure! Le Carnaval, ce grand enchanteur, ce grand gaspilleur de rubans, de plumes, de satin et de bijoux faux, ce grand corrupteur de mœurs, le Carnaval les a réunis pour danser, pour intriguer, pour rire aux quiproquos; ils dansent, ils intriguent, les quiproquos ne manquent pas. Ne remplissent-ils pas bien leur mandat? Faites comme eux, amusez-vous comme eux, soyez ivres comme eux, soyez fous comme eux, vos folies n'ont-elles pas leur excuse toute prête dans toutes les folies qui se font aujourd'hui en l'honneur du Mardi-Gras, à Venise, à Rome, à Paris, que sais-je? A Venise où, à l'époque du Carnaval, on venait autrefois de toutes les parties de l'Europe, avant que Napoléon l'eût donnée à l'Autriche. Aujourd'hui Venise la belle, Venise la folle, Venise la courtisane a oublié son beau Carnaval, ou plutôt elle ne l'a pas oublié, elle le regrette. Son Carnaval c'était sa splendeur, c'était sa couronne! Et sa couronne est tombée ensevelie sous ses masques jetés au rebut et foulés aux pieds des soldats autrichiens qui la gardent au nom de leur empereur. Le Carnaval de Venise est mort, mais c'est un monument dont on soupçonne la grandeur passée aux débris qui lui survivent.

Soyez fous, votre excuse est à Rome; à Rome où, à un signal donné, toute la ville s'illumine de bougies, où chacun se fait une gloire, un bonheur d'éteindre la bougie de son voisin et de garantir la sienne du souffle qui la menace; à Rome où, à chaque bougie qu'on éteint le Mardi-Gras, on rit, on est heureux. Rome, au temps de sa grandeur et de sa force, ne pensait pas à éteindre des bougies lorsque venaient ses Saturnales. Alors, sonnaient pour elle des heures d'égalité fugitive qui rendaient le valet l'égal de son maître, ou plutôt qui faisaient le maître l'esclave du valet. Pendant les Saturnales, c'était pour l'esclave qu'on dressait la table et les lits moëlleux autour de la table; c'était pour l'esclave que coulait le Phalerne. A l'esclave appartenaient la pourpre, le pouvoir, la richesse, la volupté; au maître l'obéissance! Pauvres esclaves! en étiez-vous plus heureux le lendemain lorsque le joug pesait de nouveau sur vos fronts, mais plus lourd, mais plus dur par le contraste du jour avec la veille, par la magie des souvenirs? Votre lendemain des Saturnales n'était-il pas votre Mercredi-des-Cendres?

Soyez ivres, soyez fous, votre excuse est à Paris; à Paris, fournaise immense où tout le peuple, le Mardi-Gras, semble en ébulition, où ce jour a vingt-quatre heures, parce que la nuit s'efface et s'oublie devant les flambeaux. A Paris où cent bals attirent la foule bigarrée, bizarre à l'œil, étincelante, foule qui gronde comme la mer, qui ondule comme les flots de la mer, qui a ses tempêtes comme la mer; à Paris où tout se mêle, la cour et la ville, la grande dame et la grisette, où tout s'ennivre, le dandy de Champagne et de punch à l'Opéra, l'ouvrier de piquette à la Courtille;

à Paris où s'est réfugié le Mardi-Gras de Venise, le Carnaval de Venise !

On m'a dit que Dunkerque a, comme Paris, son bal de l'Opéra et sa Courtille, son flux de masques dans les rues, sa folie, son ivresse, son jour de vingt-quatre heures. — Nous verrons bien !

LA PLUS JOLIE.

IMPROMPTU A L*.

Dans ce bal vous avez le prix de la beauté;
Nulle ne vous pourrait disputer la victoire.
Pourquoi donc hésiter à croire
Ce qui n'est que la vérité?
Si je vous jure qu'en partage
Vous possédez ce don heureux,
C'est que la plus jolie est toujours à mes yeux
Celle que j'aime davantage!

LE CARNAVAL A DUNKERQUE.

J'avais dit nous verrons, et j'ai vu. J'ai voulu faire mon métier de feuilletoniste en âme et conscience, et pour cela je suis monté le plus haut possible, je suis descendu le plus bas possible. J'ai assisté au beau bal de Ste.-Cécile et à celui du *Pampieren-Lanteeren;* j'ai respiré avec délices le parfum du musc et de l'essence de rose, avec résignation l'odeur du goudron et du poisson sec. D'abord, il est resté à mon domino des traces de la poudre des jeunes et belles marquises de Sainte-Cécile; plus tard, un paillasse a achevé au bal Ste.-Barbe de me blanchir, non plus de poudre à l'ambre ou à la jonquille, mais de farine tout simplement. Les premières traces blanches imprimées à mon domino ne m'avaient pas déplu parce qu'il est toujours agréable, même quand c'est la foule qui en est cause, d'entendre près de soi le frolement de la robe d'une jolie femme et d'effleurer en passant quelque partie d'une fraîche toilette. Lorsque maître paillasse à Ste.-Barbe a achevé de ternir de poussière mon domino, je me suis armé de cette philosophie que je prêchais à mes lecteurs la veille du carnaval: à la guerre comme à la guerre, me suis-je dit.

Mon embarras maintenant est de savoir comment je commencerai ma revue des jours-gras. Le dimanche de la Violette est passé, il n'y a donc plus moyen de faire le paresseux et de remettre au lendemain. Commencerai-je par les rues ou par les salons? Par les salons, ma foi! et par celui de Ste.-Cécile d'abord, puisque c'est là que j'ai vu le carnaval de Dunkerque de son plus beau côté.

Que manquait-il au bal de Ste.-Cécile pour qu'il fût parfait? Quelques masques de plus, pour donner plus de chaleur encore aux plaisirs de la nuit; quelques danseurs de moins, pour enlever du calorique à la température de la salle par trop élevée en vérité! Je faisais cette réflexion à part moi en entrant au bal, mais je ne pensais pas alors, étourdi que j'étais, au but charitable de la fête. Quelques instants plus tard je me la reprochais comme une hérésie. Au bal de Ste.-Cécile les marquises m'ont séduit (et vous remarquerez sans doute que j'en reviens toujours aux marquises); j'ai admiré aussi l'entrée triomphale des matelots bretons; c'était un déguisement de bon ton, pittoresque et original; et lorsque ces marins fashionables se sont dispersés dans la foule, le coup-d'œil qu'offrait cette nombreuse assemblée réunie par le plaisir et la bienfaisance, a paru plus vivant encore.

Au-dessus de toutes les têtes que la danse faisait onduler, le lot mystérieux était suspendu, attirait tous les regards et était l'objet de mille suppositions. Ce fameux lot n'était pas le secret de polichinelle, polichinelle lui-même ignorait le contenu du gigantesque carton. Aussi lorsque la Fortune aveugle eut fait sortir de l'urne comme une ironie, le nom gagnant, ce fut un mouvement de curiosité générale. La montagne accouchera-t-elle d'une souris? Qu'en sortira-t-il, sera-ce du vent? se demandait-on. Pour ma part, depuis une demi-heure déjà j'avais jeté ma langue aux chiens, je regardais de tous mes yeux, j'écoutais de toutes mes oreilles, je m'attendais à quelque chose d'extraordinaire, de rare, de surprenant, et je ne fus pas trompé.

Il sortit du carton des choses bien singulières! D'abord une famille de lapins de toutes les couleurs, des oiseaux ensuite, des dragées, une dinde truffée qui faisait venir l'eau à la bouche tant elle était grosse et grasse. Puis enfin un meuble utile en plus d'une circonstance de la vie, une invention hygiénique et hydraulique, un instrument, mais un instrument ni à vent ni à cordes, une *seringue* enfin puisqu'il faut l'appeler par son nom, une seringue-monstre qui peut aller de pair avec le mortier-monstre du siège de la citadelle d'Anvers, une seringue comme l'ours de la Gengeole dans la pièce de Scribe, une seringue comme il n'y en a guère, comme il y en a peu, comme il n'y en a pas.

Ainsi fut accompli de l'Alpha à l'Oméga l'oracle de la commission qui avait dit: Le lot mystérieux sera vu, touché, senti, entendu et goûté de toutes les personnes présentes.

Après le tirage de la loterie, tirage auquel avait présidé, impassible comme le Destin qu'il représentait, une vieille gloire militaire que tout le monde avait reconnue sous la fausse barbe qui la déguisait, parce que tout le monde est habitué à la voir partout où il y a des bienfaits à répandre, du plaisir à donner; après la loterie, dis-je, je songeai à mettre à profit mon domino et à voir sous le masque les autres bals dont je voulais être l'historien.

De Ste.-Cécile je descendis au Spectacle, du Spectacle à Ste.-Barbe, de chûte en chûte enfin je me trouvai tout honteux et tout confus de mon beau domino de satin chamarré d'or, au bal du *Pampieren-Lanteeren*.

A Dunkerque, chaque classe de la société a son bal masqué; aussi, en descendant un à un chaque degré de l'échelle, ne s'aperçoit-on pas d'abord d'une différence marquée; il faut sauter à pieds joints plusieurs échelons, alors seulement il y a contraste bien tranché pour l'observateur. Je ne vous dirai donc rien ou fort peu de chose de votre bal de l'Opéra, ou si vous aimez mieux de votre bal du Spectacle. Je pourrais bien si je le voulais, me faire l'écho de la chronique des troisièmes et des loges grillées, mais je n'aime pas le scandale, et pour grossir mon feuilleton, je ne l'ai pas poursuivi de mes investigations jusque sous les combles de la salle. Je me tais donc, aussi bien tous les bals masqués des théâtres de province se ressemblent, c'est partout le même mélange, les mêmes accidents; les caquets et les médisances y trouvent ample pâture et le scandale les fait vivre. Je me bornerai à vous dire qu'il y avait foule au Spectacle, foule à Ste.-Barbe, foule au *Pampieren-Lanteeren*, où nous nous arrêterons un instant, s'il vous plaît, la chose en vaut bien la peine.

C'est au *Pampieren-Lanteeren* que va se reposer en dansant toute la nuit, cette troupe de pêcheurs qui tout le jour a roulé dans la rue comme une avalanche. Singulière manière de se reposer, n'est-ce pas? C'est au *Pampieren-Lanteeren* qu'éclate la grosse joie, l'ivresse bruyante du peuple marin. C'est au *Pampieren-Lanteeren* que la pêcheuse de grenades danse la Pastourelle avec le pêcheur de morues, que la marchande de poisson galoppe avec le déchargeur du port. Vous diriez une charge de grosse cavalerie, tant ces messieurs et ces dames y mettent d'abandon et de laisser-aller. Effacez-vous promptement, collez-vous à la muraille pour faire place au tourbillon, ou vous courez risque d'être renversé et foulé aux pieds, l'escadron entier vous passera sur le corps, car je doute qu'il y ait force humaine qui puisse l'arrêter lorsqu'il galoppe. Mais ce n'est pas là le moindre des désagréments qu'essuie l'observateur: en entrant dans la salle du bal un parfum irritant de bière, de poisson sec et de tabac le saisit à la gorge; il tousse, il éternue, il se démène, il étouffe sous son masque et s'écrie: Que diable suis-je venu faire dans cette maudite galère?

Eh bien, les pêcheurs et les pêcheuses s'amusent dans cette galère mieux peut-être que nous au bal de Ste.-Cécile. Les doux propos, les propos galants s'accommodent de tous les styles, du style pêcheur comme du style précieux, et les pêcheurs et les pêcheuses ne s'en font pas faute. Ce que nous gazons tout bas à l'oreille de notre danseuse, ils le disent tout haut et sans fleurs de rhétorique. Vadé, le premier de nos écrivains dans le genre poissard, comme Molière dans le genre comique, Vadé lui-même eût trouvé des inspirations nouvelles au bal du *Pampieren-Lanteeren*. Mais hélas! Vadé est mort, et lui seul pourrait crayonner d'une main ferme ce que je n'esquisse que faiblement, peu habitué que je suis au langage qu'il faudrait vous parler pour vous conter le bal du *Pampieren-Lanteeren* comme il mériterait de l'être.

Si du bal du *Pampieren-Lanteeren* nous passons dans la rue, et il n'y a pas beaucoup à descendre cette fois, qu'y voyons-nous? Ce que l'on voit partout le mardi-gras, des masques grands et petits; mais à Dunkerque il y a foule, chacun veut payer son tribut au carnaval; c'est une contagion, cela se gagne. La maman déguise ses enfants, et les bambins tout fiers de leurs costumes, se redressent et s'admirent. Les collégiens, délivrés pour trois jours de la discipline des classes, cherchent sous le masque un avant-goût de la liberté qu'ils rêvent pour l'époque où ils auront vingt ans et où ils se croiront philosophes, parce qu'ils auront fait leurs cours de philosophie. Pauvres jeunes gens sans expérience qui s'imaginent peut-être que la vie hors de l'enceinte des murs qu'ils appellent leur prison n'est qu'un mardi-gras sans fin! Combien ils se trompent, hélas! Avec combien de regrets ils tourneront les yeux en arrière lorsqu'ils seront enfin entrés dans ce monde qu'ils regardent maintenant comme une terre promise! Mais revenons à notre carnaval, car nous nous en écartons trop ce me semble. A Dunkerque, disions-nous, tout le monde se masque et se déguise; mais il est un costume privilégié que beaucoup adoptent, c'est le polichinelle, le bossu et le *Pier-Lala*. Le polichinelle est le type des deux autres. Il est riche, il est beau, ses deux bosses semblent tirées au cordeau, ses habits sont de drap fin chamarré d'or, il reluit au soleil. Le bossu est encore le polichinelle, mais taché, fané dans ses vêtements, ses deux bosses commencent à se déformer; le bossu est la prose du costume primitif, comme le polichinelle en est la poésie. Le *Pier-Lala*, c'est le bossu, mais le bossu qui a passé ses nuits de carnaval en orgies, qui est tombé dans le ruisseau en cherchant sa porte et qui a pris un vieux chapeau de sa femme pour le sien tant il était ivre. Il court la rue un panier à la main, comme une cuisinière qui prend le long tour pour aller au marché; plus il est laid, plus il est beau; car la laideur est en effet la beauté du *Pier-Lala*. Eh bien! singulière anomalie! ce ne sont pas les pauvres qui ont mis leur dernière chemise en gage pour se déguiser qui louent le *Pier-Lala* à raison de vingt sols pour une après-dîner; ce sont nos riches jeunes gens, nos jeunes gens parfumés et qui ont étudié dans les salons dorés la civilisation auprès de nos belles dames, ce sont eux qui louent le *Pier-Lala*; mais si pour vingt sols ils louent des haillons et s'ils s'en affublent, c'est qu'ils achètent en même temps de la licence et qu'ils se dédommagent dans la rue de la contrainte de la société, comme les collégiens de la contrainte des études. Car il est bon que vous sachiez que les collégiens ont aussi un faible pour le *Pier-Lala*.

Après le *Pier-Lala* je n'ai rien vu de caractéristique dans le carnaval des rues de Dunkerque. Ce qui le distingue particulièrement c'est la foule, et la foule échappe à l'analyse parce qu'elle se compose de trop d'éléments divers.

A UNE VIOLETTE.

Gentille fleur, amante du bocage,
Toi qui sous l'herbe aimes à te cacher,
Sans l'envier tu reçois notre hommage,
L'œil curieux doit long-temps te chercher.
Emblême heureux de la vierge ingénue
Qu'on voit rougir au seul nom des amours,
Tu veux en vain demeurer inconnue,
Ton doux parfum te dévoile toujours.

Modeste fleur, je veux à mon amie
T'offrir ce soir; sur ses jeunes attraits
Tu répandras ta fraîcheur et ta vie,
Ta douce odeur qui ne lasse jamais;
Tu lui diras, violette innocente,
Que si l'orgueil est l'effroi des amours,
En t'imitant une femme est charmante,
Et comme toi sait nous plaire toujours.

DÉCOURAGEMENT.

A L'AUTEUR DES ALGUES.

Et bien souvent dans ma longue tristesse
J'ai désiré le jour qui part sans lendemain.
Le baron COPPENS. (*Déception.*)

Ainsi qu'un nuage éphémère
S'efface et se dérobe aux yeux;
Ainsi qu'une vapeur légère
S'élève et se perd dans les cieux;
J'ai vu ma rapide jeunesse
Comme une ombre s'évanouir,
Mon été touche à ma vieillesse,
Ma tête qui blanchit, me laisse
Sans un rêve pour l'avenir.

Comme la feuille languissante
Que détache le tourbillon,
Comme la moisson jaunissante
Qui dorait hier le sillon;
Comme ces fleurs si tôt fanées
Qu'un soleil flétrit sans retour,
J'ai vécu!! Mes belles années
Ont passé comme passe un jour.

Et j'irais regretter la vie!
Pour troubler mes derniers instants,
J'irais, par une folle envie,
Navrer mon cœur de noirs tourments!
Non! L'espérance est un mensonge
Qui m'abusa dès mon berceau;
C'est une illusion; un songe
Que tout homme aveugle prolonge,
De sa naissance à son tombeau!!

Bien long-temps j'ai cherché des amis, une femme,
D'amour et d'amitié j'ai voulu m'abreuver;
Mais ces rares trésors que convoitait mon âme,
Hélas! je n'ai pu les trouver.

Jeune encor, j'ai senti que j'étais né poète,
Et j'ai rêvé souvent, aux jours d'illusions,
La gloire pour mon nom, les lauriers pour ma tête,
Pour mon âme les passions.

Les seules passions en leur temps sont venues
A mon appel m'offrir de délirants combats,
Et des élans de feu de leurs poitrines nues,
Elles m'ont brûlé dans leurs bras.

Pour elles je croyais avoir des jours sans nombre,
Et d'éternels baisers, et des forces sans fin;
Mais de moi-même, hélas! je n'étais plus que l'ombre,
Quand je me suis vu seul au quart de mon chemin.

Elles m'avaient trahi: j'ai demandé ma route
A ce que dans le monde on appelle amitié;
Mais sur ce sol ingrat j'ai récolté le doute,
Car on ne m'a donné qu'une froide pitié!

Alors, un seul espoir vint encor me sourire,
Et je redemandai des concerts à ma lyre,
Des accords à ma voix, et des vers à mon cœur.
Mais pendant son repos ma voix s'était perdue,
Ma lyre, à mon chevet, trop long-temps suspendue,
N'eut plus de chants pour ma douleur.

Et vingt fois je repris ma route délaissée,
Ma route, sous mes pas par mes pleurs effacée;
Toujours je m'égarais lorsque tombait le soir.
Le lendemain toujours ressemblait à la veille,
Et j'entendis enfin s'éteindre à mon oreille
La voix qui me disait: Espoir.

Ainsi le nautonnier qui vit dans la tempête
Les vagues en courroux engloutir son vaisseau,
A peine dans le port, prend courage et s'apprête
A braver un danger nouveau.

L'ancre est levée, il part; oublieux du naufrage,
Il se confie encore à l'élément jaloux;
La fortune l'attend à la lointaine plage,
Il espère des flots plus doux.

Mais l'Océan mugit, mais dans les airs approche
L'ouragan dont le souffle évoque le trépas;
Le navire égaré se brise sur la roche,
Le nautonnier n'échappe pas.....

Comme lui, quand je fais naufrage
En proie à la fureur des vents,
Et que je n'ai plus en partage
Qu'un tombeau parmi les vivants;
Irai-je, ennemi de moi-même,
Disputant ma vie à la mort,
Saisir, en ce moment suprême,
Un débris pour rentrer au port?

Non! que la mer dans ses abîmes
En m'engloutissant pour toujours,
Me joigne aux nombreuses victimes
Dont elle a dévoré les jours;
Ou que la vague, en son caprice,
Me porte d'un élan propice
Vers le rivage et le secours;

Ma voix ne fera plus entendre
Le souffle qui [illegible] reste encor;
Je ne ferai rien pour défendre
Ce vain souffle, comme un trésor.
Au Destin désormais je laisse
Tout le soin de me secourir;
Qu'il décide dans sa sagesse
S'il faut vivre encore ou mourir!!

ENVOI.

Poète, tu sais bien ce que c'est que la vie!
Ta lyre jette au monde une juste ironie;
Dans tes âpres concerts
La vie est un fumier qui fermente et s'allume,
C'est un volcan qui fume
En lançant de rares éclairs.

Et moi j'ai bien compris ta parole incisive,
Ton scalpel a fouillé dans la blessure vive
Qui saigne dans mon sein.
J'ai vu qu'un même faix pèse sur notre tête,
Et me suis réveillé, comme en mes nuits de fête,
Pour chanter jusqu'au lendemain.

Car le Destin, vois-tu, m'a fait une demeure
Où le jour je n'ai pas pour méditer, une heure;
Où le devoir me lie à de sévères lois,
Où mon œil se fatigue à veiller sur l'enfance,
Où la nuit seulement me donne le silence
Que j'invoque en vain tant de fois.

Et ta lyre planant à mon horizon sombre,
De mes déceptions j'ai calculé le nombre,
J'ai pesé la liqueur de mes vases amers;
Haletant j'ai tenté la force de ma chaîne,
Mais j'ai vu, sans pâlir, que mon destin m'entraîne,
Comme l'algue qui flotte à la merci des mers.

Vienne à son gré le flot qui doit être ma tombe!
Que mon corps, sur la grève, ou languisse ou succombe;
Aujourd'hui j'ai cueilli mon dernier rameau vert!
Poète, grâce à toi, j'ai pu chanter encore,
Ma lyre fut l'écho de ta harpe sonore,
Accueille mon dernier concert!

UNE DERNIÈRE NUIT A VENISE.

Minuit sonnait à l'horloge de St.-Marc; Venise la sœur des flots, Venise la belle, dormait. A peine les pâles rayons de la lune argentaient-ils les frises de ses palais, on eût dit une grâcieuse épouse éclairée à demi dans le lit nuptial par les doux reflets d'une lampe d'albâtre. Les quais étaient déserts, le silense régnait sans partage sur cette cité le jour si vivante, et si un bruit fugitif venait de temps à autre traverser les airs, c'était le sillage de quelque gondole attardée sur le grand canal et qui semblait laisser après elle un cliquetis de fer ou des mots d'amour.

Oh! n'est-il pas beau en effet, dans la gondole qui semble avoir des ailes tant elle passe rapide, n'est-il pas beau de croiser son épée a celle d'un rival que l'on hait; quand tout oublie, quand tout dort, d'être seul à veiller avec la soif de la vengeance et de travailler à se désaltérer avec du sang? Et puis la tombe de celui qui meurt frappé au cœur n'est pas loin, le canal Orfano ne dévore pas seulement les victimes du Conseil des Dix.

Oh! n'est-il pas doux en effet de se laisser aller aux balancements voluptueux de la gondole lorsque l'on berce soi-même, pantelant d'ivresse, sa bien-aimée entre ses bras, lorsqu'on n'a plus de paroles aux lèvres parce que les paroles se fondent en baisers?

C'est à minuit, c'est dans la gondole qui rase les flots comme l'oiseau des mers les vagues pendant la tempête, c'est à minuit qu'il est beau de verser le sang d'un rival, ou de cueillir innombrables et brûlants les baisers d'une femme adorée, d'une Vénitienne à l'ame ardente, au sang aussi ardent que son âme!

Telles étaient les pensées qui se pressaient vives et profondes dans l'esprit d'un jeune homme, d'un Français se promenant à minuit, et enveloppé d'un vaste manteau, sur les quais du grand canal, non loin de la place St.-Marc. Ce jeune homme c'était le comte de Vallory. Arrivé depuis plusieurs mois à Venise, immensément riche, étalant le luxe et prodiguant l'or; doué d'une belle figure et d'une taille élégante et mâle tout à la fois, le comte de Vallory avait eu bien des succès près des belles vénitiennes. Assez, disait-il tout bas à ses amis intimes, pour satisfaire son orgueil d'homme à bonnes fortunes, assez pour ne plus désirer des succès nouveaux; trop pour ne pas craindre en secret le poignard d'un époux trahi, ou celui d'une maîtresse jalouse et délaissée. Et cependant le comte n'était pas encore parti comme il en avait formé le projet, et son vaisseau l'attendait encore; il n'était donc pas aussi fatigué qu'il le disait des baisers des femmes de Venise, puisque c'était pour un rendez-vous d'amour qu'il se promenait ainsi depuis plus d'une heure.

Personne ne venait cependant, et le comte commençait à perdre patience; il craignait d'être la dupe d'une mystification ou la victime d'un guet-à-pens, lorsqu'une ombre se détachant tout-à-coup du côté le plus obscur de la place s'avance, le prend par la main et lui dit: Suivez-moi.

Le comte de Vallory se laisse conduire sans adresser un seul mot à cette femme, car il a reconnu en pressant dans la sienne la main qui le guide, que cette main est celle d'une femme. Il se doute bien du reste qu'on ne répondrait pas à ses questions s'il en faisait, la nécessité impose silence à sa curiosité.

Dans une rue qui fait communiquer la place St.-Marc à la Plazetta, autrefois petite place de Venise, sa conductrice s'arrête, ouvre une porte basse et il entre avec elle dans une maison de riche apparence.

Là, à l'extrémité d'un long corridor, une seconde porte s'ouvre à son approche. Avant que les regards du comte aient pu s'habituer à l'éclat de l'appartement où on l'a introduit, il se sent pressé entre les bras d'une femme qui, sans parler, le couvre de baisers; et lorsque revenu de sa surprise il peut contempler enfin celle qui lui fait cet accueil si agréable, mais si étrange dans un premier rendez-vous d'amour, une exclamation de bonheur lui échappe: Comment c'est toi, s'écrie-t-il!

— Oui, c'est moi, moi que tu suis partout depuis un mois, moi que tu as défendue hier au péril de ta vie lorsque ces deux lâches sont venus m'attaquer. Tu m'as sauvée, mais ce n'est pas pour cela que je t'aime, vois-tu...... j'avais compris que tu m'aimais toi-même. Mais je veux entendre cela de ta bouche. Oh! dis-moi que tu m'aimes, je t'en prie.

— Oui je t'aime, je t'aime depuis le jour où je t'ai vue pour la première fois! Sans cette apparition céleste, depuis longtemps déjà j'aurais quitté Venise; mais j'avais en moi comme un pressentiment du bonheur qui me vient par toi cette nuit, j'ai espéré et je suis resté, et j'ai bien fait n'est-ce pas?

— Oh! oui!

Et ce n'était plus de l'amour, c'était de l'ivresse, de la folie. Ils s'étaient dit qu'ils s'aimaient, qu'avaient-ils à se dire encore? Le comte voyait se réaliser bien vite, n'est-il pas vrai, le bonheur qu'il avait rêvé tantôt sur les bords du grand canal? Seulement le lieu de la scène était changé.

C'était dans un petit appartement tendu de satin bleu à dessins d'argent que le comte avait été reçu par Julia. Aux fenêtres, des rideaux de satin bleu frangés d'argent étaient relevés par des cygnes d'albâtre; aux tentures, dans des cadres d'argent mat, étaient suspendus des tableaux aux contours grâcieux, aux couleurs suaves. Dans des jardinières d'albâtre, des fleurs rares répandaient leurs parfums. Sur la cheminée brillaient des candelabres d'argent, des vases exquis. C'était du satin partout, de l'argent partout, de l'albâtre partout, et tout cela se multipliait à l'infini dans quatre de ces glaces immenses dont Venise possédait seule alors le secret. C'était là le boudoir de Julia.

Le comte ne s'est pas aperçu d'abord de tout ce luxe qui l'environne; mais lorsque plus calme et rendu à lui-même il promène autour de lui ses regards, il prend d'abord la réalité pour un rêve. Un baiser de Julia lui rappelle que ce rêve est la vérité, et la belle Vénitienne, se dégageant de ses bras, se lève du sopha où elle est assise et approche un guéridon de laque chargé de flacons de crystal diamanté pleins de vins de France et d'Espagne. Là s'élèvent en pyramides les fruits suaves de l'Italie, les conserves de Venise; un parfum pénétrant de vanille s'en exhale et achève d'embaumer l'atmosphère voluptueuse du boudoir de Julia; et puis c'est un bruit de cristaux qui s'entrechoquent, c'est le frémissement d'une caresse, ce sont de ces mots d'amour si courts mais qui disent tant de choses et qui cependant sont toujours les mêmes; de ces mots qui ne lassent ni à prononcer ni à entendre, parce qu'ils partent de la bouche de celui qui les dit pour aller remuer délicieusement le cœur de celle qui les écoute.

Oh! si tu savais comme je t'aime, disait Julia au comte. Je ne donnerais pas pour ma vie à une autre femme un seul de tes baisers, je mourrais si tu m'étais infidèle; mais avant, je le jure, je me vengerais de toi et de ma rivale..... Et Julia montrait à son amant un petit poignard curieusement travaillé. La lame, aussi brillante, aussi polie que la plus belle glace de Venise, était sillonnée dans toute sa longueur de plusieurs raies rouges; on aurait dit du sang desséché sur l'acier. Toute blessure faite avec ce poignard devait être mortelle, car ce qui ressemblait à du sang était du poison. Le comte cependant avait pris l'arme qu'il considérait en souriant. Les menaces de Julia n'avaient rien d'effrayant pour lui, il ne concevait pas qu'il pût jamais la trahir, et il voyait le châtiment aussi éloigné que la trahison.

En ce moment Julia jette un cri.

N'as-tu rien entendu, dit-elle au comte? — Non, rien. — Rien, dis-tu? si, si, écoute; on ouvre une porte... Dieu! si c'était mon mari. — Tu es mariée, Julia? Mais non, j'en suis certain, c'est impossible! — Je le suis! — Et Julia, comme accablée par cet aveu et par la terreur, écoute sans rien ajouter un bruit de pas qui retentit dans le corridor et qui s'approche.

Sublime distraction de l'amour! Le comte n'entend rien encore; il contemple Julia, Julia pâle, les cheveux épars, les yeux fixes, le corps penché en avant; Julia plus belle encore s'il est possible par la peur que par l'amour, car elle s'est levée en entendant ce bruit et elle est restée immobile et blanche comme les statuettes d'albâtre qui ornent la cheminée du boudoir.

Cependant quelqu'un vient, le doute même n'est plus permis. La porte que Julia a oublié d'assurer à l'arrivée du comte, cède à une secousse violente et un homme paraît sur le seuil.

— Je ne me suis pas trompé, madame, s'écrie-t-il, vous n'êtes pas seule ici!! Mes aïeux et les vôtres, le nom de votre père et le mien sont inscrits au Livre d'Or; vous l'avez oublié, mais moi je ne l'oublierai pas. Préparez-vous à mourir!

Et l'homme qui avait parlé ainsi s'approchait froidement de Julia étendue sans vie apparente sur le sopha témoin tout à l'heure de ses serments d'amour. — Le comte s'étant levé, sa main pressait le manche du poignard qu'il n'avait pas eu le temps de remettre à Julia; mais devant les cheveux blancs du vieillard, sa main semblait paralysée et sans forces. — Pauvre Julia!! — L'homme qui s'était montré comme une apparition au seuil du boudoir approchait toujours cependant; il était parvenu près d'elle sans obstacle, et du tranchant de son poignard il lui avait fait une coupure légère d'où s'échappaient des perles rouges, — des gouttes de sang. Mais Julia, que le sentiment de la douleur avait réveillée sous le poignard, s'était précipitée à genoux devant son mari qui ne l'avait épargnée dans ce premier moment que pour se repaître ensuite de ses pleurs et s'abreuver de vengeance.

Grâce! disait-elle, grâce! non pour moi, mais pour lui, pour lui que j'aime!

— Pas de grâce, ni pour lui ni pour vous, madame; vous avez oublié ce que vous devez à votre époux: l'expiation pour votre complice et pour vous c'est la mort! Et l'homme levait son bras pour la frapper, mais Julia, sublime de désespoir et fascinant son mari de son regard :

— J'ai oublié ce que je vous dois, dites-vous. Avez-vous oublié vous-même que vous m'avez épousée malgré mes larmes? Mon père m'a donnée à vous, mais moi je ne me suis pas donnée.

— C'en est trop, madame! Je ne suis pas venu ici pour écouter vos injures, mais pour vous punir, vous d'abord et lui ensuite. Et le Vénitien désignait du doigt le comte, que des émotions trop poignantes mettaient encore hors d'état de protéger Julia et de se défendre lui-même. Mais le désespoir avait donné à son amante des forces pour elle, de la présence d'esprit pour lui. Ses faibles mains, ses mains si blanches, si jolies et qui semblaient appeler les baisers, serraient d'une étreinte convulsive le bras de son meurtrier et arrêtaient le fer à quelques lignes de sa poitrine. Le Vénitien n'essaie pas de dégager sa main, mais il saisit de la gauche un couteau sur le guéridon et l'enfonce dans le sein de Julia qui tombe en jetant un grand cri. A cette vue, le comte qui a hésité si long-temps à frapper l'époux de Julia, parce que c'est un vieillard et un vieillard outragé, le comte sent la colère et la vengeance battre avec son sang dans ses artères.

— Le sang vaut du sang! s'écrie-t-il; à vous le sien, à moi le vôtre!!

Et par un mouvement rapide comme la pensée de mort qui le conseille, son bras armé du poignard empoisonné de Julia, tombe de tout son poids, de toute sa hauteur sur la poitrine du Vénitien. La lame pénètre dans le cœur et il expire comme frappé de la foudre.

Essayer de peindre les angoisses du comte serait folie; il a passé en quelques minutes d'un boudoir dans un tombeau, des caresses d'une amante à l'assassinat d'un vieillard, des félicités délirantes du Ciel aux plus horribles réalités de la terre. Le pâle visage de Julia qu'il réchauffe de ses baisers reste froid sous son haleine; le cœur de Julia qui a battu si près du sien est muet sous sa main qui y cherche avec anxiété un reste de vie. En vain le comte étanche le sang qui coule des blessures de son amante, en vain il la prend dans ses bras et approche les lèvres de Julia d'une des glaces du boudoir, la glace reste brillante et limpide. Alors il la repose doucement sur le sopha, pleure sur ses genoux et lui jure de l'aimer toujours, comme si elle pouvait encore l'entendre; puis, lorsque la pendule indique que le jour va bientôt paraître, il coupe à Julia une longue mèche de ses beaux cheveux noirs et s'enfuit, pâle, haletant, les yeux égarés, les vêtements tachés de sang.

Arrivé chez lui, le comte donne des ordres précipités de départ, et le lendemain, avant de mettre à la voile pour retourner en France, il entend se répandre dans Venise le bruit des événements de la nuit. Mais la rumeur publique trop souvent infidèle les défigure et les rend méconnaissables. On dit que le vieux sénateur Orsini et sa jeune épouse ont été assassinés dans leur appartement, et on attribue ce double crime à la vengeance, car les assassins n'ont rien dérobé dans le boudoir, orné cependant de meubles précieux. Le comte n'ose demander d'autres renseignements, il n'ose interroger qui que ce soit; il craint qu'on ne lise sur son visage la vérité qu'il sait mieux que personne. Enfin une brise favorable enfle les voiles de son navire et, debout sur le pont, il voit bientôt Venise se fondre comme un nuage dans l'immensité des mers.

CHARADE.

Quand un triomphateur montait au Capitole,
Chez les Romains, toujours lui servait mon premier;
Quand pour tes créanciers tu n'as pas un obole,
Lecteur, au lieu d'argent, tu donnes mon dernier.
Mon tout trop enflammé peut être redoutable,
Car c'est une tumeur qui cause un mal cuisant;
Pris autrement, mon tout redevient agréable,
Quand l'hiver on le voit dans son foyer brûlant.

FLORE, LA PENSÉE ET L'AMOUR.

FABLE.

Un soir, la déesse des fleurs
Se promenait dans son empire,
L'air était embaumé de suaves odeurs,
Un mélancolique sourire
De Flore embellissait les traits;
Ses doigts distraits effeuillaient une rose,
Moins que sa bouche demi-close
Ayant d'attraits.
Soudain en s'écriant: Que je suis insensée!
Flore lâche la fleur qui parfume sa main,
Se baisse, cueille une Pensée,
Y dépose un baiser, et l'attache à son sein.
L'Amour, dans un buisson, se cachait; il écoute.
L'ingrat m'abandonne sans doute,
Dit la déesse en soupirant;
Et j'ai pu croire cet enfant!
Croyez-le, dit l'Amour en s'élançant près d'elle,
Croyez-le, déesse cruelle;
De Gnide, pour vous voir, il accourt tout exprès!
L'amour peut-il vous oublier jamais?
Et tout en jurant qu'il l'adore,
L'enfant trompeur, baisant la main de Flore,
Sous un bosquet fleuri la conduit radieux.
Voulait-il donc lui dire un secret? Je l'ignore....
Le lendemain, lorsqu'il retourne aux cieux,
La déesse long-temps l'accompagne des yeux.
Sa mélancolie est passée,
Sur son cœur pressant la Pensée,
Qu'elle contemple avec amour,

Elle lui dit : Je t'aime, et dès ce jour
Je te consacre à la tendresse ;
Sois la fleur des amants, la fleur du souvenir !
De l'Amour tu peindras l'ivresse,
Chez les mortels à l'avenir,
La sincère amitié te prendra pour emblème ;
Tu vivras autant que moi-même,
Autant que mon empire heureux,
Et l'homme sera glorieux
De t'offrir à celle qu'il aime.

Ainsi parla la déesse des fleurs.
Depuis ce jour, la Pensée est encore
Ce qu'elle était du temps de Flore,
La Pensée est chère à nos cœurs.
Sans nous trahir elle peint notre flamme,
Elle parle toujours le langage de l'âme
Quand nous l'offrons à l'amitié.
Mais lorsqu'Amour la donne, est-elle aussi sincère ?
Que répondre à cela ? Rien ; il vaut mieux se taire
Que de s'expliquer à moitié.

L'INNOCENTE.

Ne dites pas tout bas devant Delphine
Un mot d'amour ou de plaisir ;
La belle a l'oreille si fine,
Que cela la ferait rougir.

CORRESPONDANCE.

Dunkerque, le 16 mars 1836.

A Monsieur le rédacteur de la Dunkerquoise.

Monsieur,

J'ai adressé la lettre suivante à M. le rédacteur du *Journal de Dunkerque;* mais par un motif dont il m'est impossible de me rendre compte, M. le rédacteur du *Journal de Dunkerque* qui a donné place dans les colonnes de sa feuille à une attaque anonyme, n'a pas jugé à propos d'accueillir une défense anonyme aussi, en réponse à cette attaque. Ma lettre n'étant qu'une plaisanterie qui ne blesse l'honneur de personne, je vous prie, monsieur, de vouloir bien l'insérer dans le plus prochain numéro de *la Dunkerquoise.* Je ne vous fais cependant cette prière qu'à regret, parce que j'avais espéré mieux du bon esprit et de l'impartialité de M. le rédacteur du *Journal de Dunkerque* qui avait annoncé dans la note précédant l'article de M. T., qu'il accueillerait toute *honorable* réfutation que cet article pourrait soulever: sans doute M. le rédacteur du *Journal de Dunkerque* n'a pas jugé ma lettre honorable et a voulu par son silence me le témoigner; de cela je suis vraiment contri et humilié; mais comme je suis, hélas! un pécheur endurci, je reste persuadé que l'on ne pouvait par des chiffres et par des raisons sérieuses répondre aux gentillesses dont l'article de M. T. est *lardé.*

J'ai l'honneur d'être avec une parfaite considération,

Monsieur,

Votre très-obéissant serviteur,

X. Y. Z.

A Monsieur le rédacteur du Journal de Dunkerque.

Monsieur le Rédacteur.

Vous avez inséré dans le dernier numéro de votre journal une lettre anonyme où le collége est attaqué de main de maître, où l'ironie est employée d'une manière fine et délicate, où l'érudition littéraire étincelle à chaque ligne, où la citation latine obligée ne manque même pas. Il faut être bien audacieux sans doute pour entrer en lice avec un aussi rude jouteur que l'auteur de cette lettre; c'est cependant ce que je vais essayer de faire.

Il me serait bien doux, monsieur le rédacteur, de louer indistinctement tous les passages de cet article qui s'élève souvent jusqu'au sublime; mais vous savez, hélas! qu'une œuvre parfaite ne peut sortir ni de la main ni de l'esprit de l'homme, qu'il est dans la nature humaine de se tromper, et que rien n'approche plus du bouffon que le sublime: un pas de trop dans cette route, et au lieu de faire pleurer vous faites rire. C'est ce qui est arrivé au très-honorable anonyme qui a résumé, comme il le dit lui-même dans les lignes dont vous avez fait confidence à vos lecteurs, le fruit de l'immense expérience que trente années de présence assidue aux séances du Conseil municipal ne peuvent manquer de lui avoir donnée.

Quand on parle de sauce, il faut qu'on y raffine, a dit Boileau. Je pense, moi, que lorsqu'on parle du talent des autres, dans l'intention de s'en moquer ou de le mettre en problême, on doit prendre soi-même bien garde à sa plume, ne pas la laisser courir à la légère sur le papier, et ne pas lui permettre d'écrire une phrase à la Jeannot, telle que celle-ci: *Mademoiselle Dunkerque est une bonne fille, une fois payé elle n'y pense plus.*

Pourriez-vous bien m'expliquer, monsieur le rédacteur, ce que c'est qu'une bonne fille dans le sens que M. l'anonyme, *non partisan de l'éteignoir*, attache à ces mots? Une bonne fille! c'est en langage poli une...... Ma foi! vous me feriez dire quelque sottise. Et puis ce membre de phrase qui suit ce terme si bien choisi *une bonne fille*, est si amphibologique, si singulier: *une fois payé elle n'y pense plus!* Le prote de votre imprimerie n'aurait-il pas oublié, monsieur le rédacteur, un second *e* qui devrait se trouver à la fin du mot *payé* pour que la phrase fût correcte? Au moins s'il y avait oubli nous saurions à quoi nous en tenir sur la manière dont M. l'anonyme, *non partisan de l'éteignoir*, écrit le français; nous saurions aussi au juste ce qu'il pense de notre bonne ville. Nous ne lui ferons pas l'injure de croire qu'il a voulu écrire cette phrase de la manière suivante: *Une fois qu'elle a payé elle n'y pense plus;* dans un temps où la science court les rues, à ce qu'il dit, il n'en a pas sans doute si peu lui-même, qu'il ne sache pas que tout verbe conjugué avec *avoir* exige que son auxiliaire ne soit jamais sous-entendu. *Risum teneatis.*

M. l'anonyme, non partisan de l'éteignoir, paraît beaucoup plus fort en latin qu'en français; c'est à lui que nous empruntons notre *risum teneatis*, car nous avons été enchantés de l'effet que ce fameux *risum teneatis* produit dans sa lettre. Il faut de la justice en toute chose, ce *risum teneatis* est magnifique, et prouve d'une manière victorieuse que M. l'anonyme, non partisan de l'éteignoir, est à même de juger en masse et d'un coup-d'œil tous ces petits bacheliers qui, décorés de leur palme et de leur titre de professeur, trouvent moyen de se faire adjuger sur le budget municipal des augmentations de traitement. *Risum teneatis!*

Mais le beau, le miraculeux de l'œuvre de M. l'anonyme, non partisan de l'éteignoir, c'est le passage de sa lettre où il parle des mannequins que l'on aurait dû placer dans les classes, sur les escaliers, dans les corridors du collége, afin, dit-il, de leur donner un air plus vivant, si on tenait essentiellement à cela. Bravo, Figaro! des mannequins! eh mais! c'est le sublime de l'invention, ou je ne m'y connais pas. Des mannequins! peste, des mannequins! le conseil n'est pas à dédaigner, et il ne fallait pas être manchot pour s'aviser le premier de mannequins! Pourquoi donc, monsieur le non partisan de l'éteignoir, n'avez-vous pas donné plus tôt votre avis? à l'époque de la foire, par exemple! Un avis est comme une citation latine, c'est l'à-propos qui en fait tout le prix. Pendant la foire, on aurait pu acheter en bloc toute la troupe de M. Tournier, directeur des Pantagoniens ; on aurait échelonné les acteurs sur les escaliers, on leur aurait donné leurs places dans les classes, à chacun suivant sa capacité; mais pour cette dernière opération, on aurait eu recours à vous, monsieur le non partisan de l'éteignoir. La science profonde que vous possédez et qui vous permet de porter *ex abrupto* un jugement infaillible et défavorable sur celle de tout un corps respectable, vous aurait mis plus que tout autre à même de faire passer à messieurs les Pantagoniens un rigoureux examen. *Risum teneatis.*

Cette manière toute nouvelle de remplacer par des mannequins une classe primaire supérieure fournit, quelques lignes plus bas, à monsieur le non partisan de l'éteignoir, la matière d'un calembourg que l'illustre de Bièvre, le prince de cette débauche de l'esprit, n'aurait pas désavoué. Au moins, dit monsieur le non partisan de l'éteignoir, des mannequins ne dégraderaient ni les portes, ni les escaliers, ni les murs de ce *cher* collége. Avez-vous remarqué comme moi, monsieur le rédacteur, tout le génie renfermé dans ces trois mots? *Ce cher collége!* Moi, j'ai savouré en amateur cette crême, cette essence de calembourg; je me suis pâmé d'aise. Maintenant encore que je suis plus calme, je ne trouve pas d'expression pour peindre ma sincère admiration. *Ce cher collége!* Qui oserait soutenir à présent que monsieur le non partisan de l'éteignoir ne connaît pas à fond toutes les ressources de sa langue!

M. T. pourrait, du reste, se dispenser d'écrire correctement sa langue; il a tant de ressources dans l'imagination, que quelques phrases à la Jeannot, en plus ou en moins, ne dépareraient pas absolument un chef-d'œuvre tel que le sien. On aurait toujours, à cela près, grand plaisir à le lire. N'êtes-vous pas de mon avis, monsieur le rédacteur, vous qui avez ouvert les colonnes de votre journal aux élucubrations de l'habitué anonyme de la salle d'audience municipale? N'est-il pas, en effet, très-adroit de sa part de rappeler les 300,000 fr. qu'a coûté le collége, les 4,000 fr. qu'a coûté le cabinet de physique de cet établissement, pour se procurer l'innocent agrément d'ajouter ensuite, d'un air de négligence toute débonnaire, que les instruments de ce cabinet servent à faire des expériences amusantes pour les dames? Quatre mille francs dépensés pour le plaisir des dames de Dunkerque! Un tel abus a-t-il son semblable quelque part? N'est-ce pas là l'abomination de la *désolation?* Oh! j'attendais plus encore de votre zèle, monsieur l'économiste, et tout en avouant que ce passage de votre lettre est plein d'éloquence et de sel, je croyais que vous alliez proposer de vendre à l'encan, à la porte du collége, ce malencontreux cabinet.

Je n'engagerai pas plus avant, monsieur le rédacteur, cette escarmouche avec M. l'anonyme, non partisan de l'éteignoir. Ancien élève du collége et sorti tout récemment des classes, je n'ai pas pu voir de sang-froid un écrivain faire ses efforts pour répandre le ridicule et la déconsidération sur une maison où j'ai vécu long-temps, et sur des hommes que j'aime et dont je respecte les connaissances et le zèle. J'ai tâché de combattre l'ironie par l'ironie; le public jugera si j'ai rempli la tâche que je me suis imposée. Je n'ai pas abordé les choses sérieuses, parce que je n'y connais rien; et si M. T. n'avait pas mis une sorte de haine dans sa manière de présenter les économies qu'il a rêvées, je n'aurais certainement pas pensé à lui répondre.

Que M. l'anonyme me permette cependant de lui donner un conseil qui sera plus d'un ami qu'il ne le pense peut-être. Qu'il mette s'il le veut flamberge au vent, qu'il frappe d'estoc et de taille la vieille muraille du port; mais qu'il se tienne cependant à distance. Rien n'est plus dangereux que de démolir un mur qui tombe en ruine: un éclat de pierre pourrait arrêter au milieu de sa carrière l'écrivain spirituel, le plus ancien habitué des séances du Conseil municipal, l'Adam-Smith dunkerquois. Vous voyez, monsieur le rédacteur, que je suis loin de vouloir la mort du pécheur; ce qui doit vous faire plaisir, puisque vous êtes en cette circonstance un peu le complice de M. l'anonyme, non partisan de l'éteignoir. Je réclame de votre impartialité bien connue, l'insertion de cette lettre dans le plus prochain numéro de votre journal.

Je suis avec considération, Monsieur le rédacteur,

Votre obéissant serviteur,

UN ANCIEN ÉLÈVE DU COLLÉGE
VOTRE ABONNÉ.

ÉPIGRAMME

CONTRE UN ANONYME.

On sait ton nom qu'en vain un T déguise,
De ta demeure on sait le numéro;
Trop d'esprit ou trop de sottise
Ne peut jamais garder l'incognito.

ÉLÉGIE.

Pourquoi de mon erreur trop courte et sans remède
Te rappeler encor la trompeuse douceur?
Pourquoi te rappeler le mal qui me possède?
Pourquoi t'ouvrir encor mon cœur?

Ce cœur était à toi; ma volonté, ma vie,
Je t'avais tout donné pour un seul mot d'amour;
Un seul bien sur la terre excitait mon envie,
Et je l'ai perdu sans retour.

Ah! lorsque mon regard plongeait dans ta pensée,
Lorsque sans le chercher il rencontrait le tien,
L'avenir souriait à ma flamme insensée,
L'Espérance était mon soutien;

Je te disais: Bientôt sur ta tête charmante,
La fleur de l'oranger, aussi blanche que toi,
Répandra son parfum, ô mon aimable amante!
Et ce parfum sera pour moi.

Moi seul détacherai ce bouquet de ta tête,
Près de ton cœur ému palpitera mon cœur,
Le jour de ton hymen, sera mon jour de fête,
Il m'apportera le bonheur.

Et cependant ton front n'a pas ceint la couronne
Dont la vierge se pare aux degrés de l'autel,
Et tu n'as pas d'époux, et l'ennui t'environne
D'un souvenir juste et cruel.

Un autre de ton cœur effaça mon image;
Il éblouit tes sens, il demanda ta main.
De ton premier amant tu repoussas l'hommage,
Dans l'espoir d'un brillant destin.

Les regrets et l'oubli voilent ta destinée,
Tu me trompas, et lui fut trompeur à son tour;
Il a trahi sa foi, rompu son hyménée,
Il s'est joué de ton amour.

Sur ton âme, depuis, j'ai repris ma puissance;
Je sais, pour le passé, quelles sont tes douleurs;
Je sais que de mon nom la secrète influence,
Souvent te fait verser des pleurs.

Oh! si je n'écoutais que ma folle tendresse,
Je viendrais à tes pieds faire un nouveau serment,
Et dans tes yeux si beaux, ma délirante ivresse,
Retrouverait un aliment.

Mais, dans mon cœur, j'entends la jalousie amère
Murmurer ce discours qui me fait tant souffrir:
Elle te rend, dis-tu, sa tendresse éphémère;
C'est-il orgueil, ou repentir?

Fuis les rêves trompeurs d'une vaine espérance,
Bannis son souvenir, reviens de ton erreur;
Elle fut infidèle, et sans la confiance
L'amour n'est jamais le bonheur.

UN MARI POUR DES TULIPES.

Sous une tente élégante de coutil rayé bleu et blanc, un monsieur contemplait avec tous les signes d'un plaisir extrême, un parc de tulipes. Deux fois déjà un domestique était venu lui annoncer que le dîner était servi, mais l'amateur n'avait répondu que par un signe de tête et il semblait, pour employer ici une expression pittoresque de La Bruyère, avoir pris racine devant ses fleurs. Ennuyé d'attendre, son fils était venu le joindre au jardin et l'avait non sans peine entraîné vers la salle à manger. Pour arracher son père à sa muette contemplation, il avait abaissé les deux côtés de la tente, et l'amateur se voyant dans une obscurité presque complète, l'avait suivi non sans s'arrêter assez long-temps encore devant un Louis XVI dont les couleurs se confondaient cependant dans l'ombre.

D'abord le dîner avait été silencieux, le jeune homme paraissait distrait et des mouvements involontaires d'impatience lui échappaient lorsque son père, uniquement occupé d'un seul objet, ne lui adressait la parole que pour lui vanter l'une après l'autre toutes les tulipes de son parc. L'amateur s'en était aperçu enfin, et lui avait proposé d'aller, après le café, visiter ensemble les jardins du nommé Pieters, qui passaient alors pour les plus beaux d'Amsterdam. Cette invitation avait suffi pour rendre le jeune homme d'une humeur charmante, il avait écouté de la meilleure grâce du monde tout ce qu'il avait plu à son père de dire à la louange de ses tulipes, et après le dîner, qu'il s'était appliqué à abréger le plus possible, ils étaient partis pour se rendre à la demeure du jardinier Pieters.

Faisons maintenant et en peu de mots l'histoire de ces deux personnages de notre petit drame. M. Van Hosten, né d'une noble et riche famille hollandaise, s'était marié à l'âge de trente-cinq ans, à une femme beaucoup plus jeune que lui et qui était morte en donnant le jour à Edouard. Long-temps Van Hosten, qui aimait passionnément son épouse, avait été inconsolable de sa perte, et sa sombre mélancolie avait fait craindre pour sa santé et pour sa raison. Ses amis avaient voulu le distraire; et comme à cette époque la passion des tulipes était presque générale en Hollande, ils avaient cherché à la lui inspirer, et avaient réussi peut-être même au-delà de leur espoir. Van Hosten avait dépensé pour son parc des sommes considérables et était entré en relations avec tous les jardiniers et tous les amateurs de la Hollande; il avait fini par être cité lui-même comme possédant les plus belles tulipes du pays, ce qui, en flattant son amour-propre, avait donné une nouvelle force au goût qui l'entraînait. A l'époque où nous sommes parvenus, Edouard avait atteint sa vingt-deuxième année et il avait joui jusqu'alors d'une liberté presque entière; son père, toujours occupé de ses fleurs, n'avait pas trouvé le loisir de s'occuper d'une manière absolue de son éducation. Aussi Edouard n'était-il pas un savant; mais en revanche il était grand, bien fait, spirituel, se voyait recherché dans le monde et invité par toutes les mères qui l'auraient bien voulu pour le mari de leur fille. Certes, avec tous les avantages qu'il possédait en outre du côté de la fortune, Edouard aurait pu trouver un parti brillant, et son père lui demandait quelquefois si son cœur n'avait pas fait encore un choix parmi tant de jolies personnes à la main desquelles il aurait pu aspirer. Mais alors le front du jeune homme se couvrait d'un nuage, il faisait ses efforts pour répondre en plaisantant, ou trouvait un prétexte pour rompre cette conversation qui semblait lui être désagréable.

Cette manière d'agir d'Edouard cachait sans doute un secret que nous allons bientôt pénétrer, je le pense.

En entrant avec son père dans le jardin de Pieters, les regards d'Edouard s'étaient fixés sur la fille du jardinier qui était venue leur ouvrir, et la jeune personne avait prodigieusement rougi en reconnaissant les visiteurs. Un homme moins préoccupé que ne l'était Van Hosten eût pu facilement reconnaître qu'il se passait en eux quelque chose d'extraordinaire; mais l'amateur de tulipes s'était avancé vers le parc sans y prendre garde, et la fille du jardinier s'était échappée aussitôt pour aller prévenir son père.

Il est temps, je pense, que nous fassions connaissance avec l'objet de la passion d'Edouard. Pieters, tout jardinier qu'il était, jouissait d'une grande aisance. Mathilde étant son unique enfant, il lui avait fait donner une éducation moins en rapport avec son état qu'avec sa fortune, et en cela il avait plus consulté sa tendresse que sa prudence. Mathilde avait été mise toute jeune, par son père, dans un des meilleurs pensionnats d'Amsterdam. Douée des plus heureuses dispositions, elle avait fait de rapides progrès, et à l'âge de seize ans elle était sortie de sa pension où on la regardait comme l'élève la plus distinguée de sa classe. Outre cela, Mathilde était jolie, ses beaux cheveux noirs lissés sur son front retombaient en boucles gracieuses sur ses épaules blanches, ses grands yeux noirs parlaient plus éloquemment encore que ses lèvres fraiches et roses, et sa manière de se mettre, simple mais de bon goût, en faisait comme un être exceptionnel et privilégié dans la condition peu élevée où elle était née. Aussi Mathilde était-elle l'idole de son père, et le bon Pieters, au milieu de toutes ses fleurs, trouvait-il que Mathilde était encore la plus jolie. Pieters n'avait pas été le seul à faire cette remarque: Edouard qui souvent avait accompagné son père chez le jardinier, avait regardé plus volontiers la jeune fille que les tulipes; de son côté, la bonne mine d'Edouard avait frappé Mathilde, et les deux jeunes gens s'aimaient déjà depuis quelque temps sans qu'ils se le fussent dit encore, lorsqu'un accident fort simple était venu changer la face des choses et mettre un terme à leur mutuelle réserve.

Quelques jours auparavant, Mathilde avait manifesté le désir de cueillir une rose sur un églantier; mais la tige de l'arbuste étant trop élevée pour qu'elle pût atteindre la fleur, Edouard l'avait cueillie pour elle, et s'était coupé assez profondément avec la serpette qu'il tenait à la main; de sa blessure, peu dangereuse cependant, le sang avait jailli avec force, et Mathilde effrayée avait beaucoup pâli en pansant le doigt d'Edouard. Lorsque avec sa douce voix que l'émotion rendait tremblante, elle lui avait peint le chagrin qu'elle éprouvait de ce qu'il se fût blessé pour contenter ce qu'elle appelait un de ses caprices, ses yeux s'étaient rencontrés avec ceux d'Edouard et, sans se parler, les deux jeunes gens s'étaient dit mutuellement: Je t'aime! Depuis ce jour, en effet, lorsque par hasard Edouard rencontrait Mathilde seule dans une des allées du jardin, lorsqu'il pouvait lui dire quelques mots sans que son père pût les entendre, il la nommait tout simplement Mathilde, et ce n'était plus à M. Edouard Van Hosten que Mathilde répondait, mais bien à Edouard tout court, ou bien encore à Edouard son bon ami.

Ainsi va la vie! S'il ne faut qu'un souffle du zéphir pour faire un incendie d'une étincelle qui couve en secret dans l'herbe sèche d'une prairie, de même en amour, la circonstance la plus insignifiante en elle-même fait quelquefois d'un simple penchant une passion impérieuse aux progrès de laquelle notre faiblesse ne sait plus résister. C'est ce qui était arrivé à Mathilde et à Edouard. Mais Pieters n'avait pas été si aveugle qu'il ne se fût aperçu de leur mutuel amour, et il avait parlé avec tant de bonté à sa fille, qu'il avait fini par lui arracher l'aveu de ses sentiments pour Edouard. Pieters n'avait pas grondé Mathilde, mais une larme brûlante s'était échappée de sa paupière. Il avait pleuré cet excellent père en songeant aux difficultés peut-être insurmontables qui s'opposeraient au bonheur de son enfant chéri , et pour la première fois peut-être il s'était repenti d'avoir donné à Mathilde une éducation trop au-dessus de son rang. Peu à peu cependant, comme si une pensée consolante fût venue rafraîchir son âme, il s'était calmé, avait embrassé plus tendrement que jamais Mathilde sur ses beaux yeux, et lui avait dit d'une voix émue et caressante: Espère, enfant! Puis il s'était échappé comme s'il eût craint d'en trop dire, et était allé s'enfermer dans une partie de son jardin entourée de murailles et dont lui seul avait la clef. C'est là que Mathilde avait couru l'appeler à l'arrivée de M. Van Hosten.

Pieters était allé saluer l'amateur occupé à considérer les tulipes, et l'avait engagé à venir visiter d'autres fleurs qui, disait-il, étaient infiniment plus belles. Sans se faire prier, Van Hosten l'avait suivi dans le jardin secret, et là il était depuis une heure comme un homme privé d'une grande partie de ses facultés intellectuelles, tant son admiration était profonde, tant son âme de fleuriste était remuée par le spectacle qui frappait ses yeux. Sous une tente, qui du reste n'avait rien d'extraordinaire, fleurissaient plus de mille tulipes d'une beauté parfaite et la plupart extrêmement rares. Beaucoup d'entre elles étaient absolument étrangères à Van Hosten, qui croyait cependant posséder les tulipes les plus précieuses de la Hollande et savoir les noms de toutes les fleurs de cette espèce. Il se baissait pour les voir de plus près, allait de l'une à l'autre, se mettait à genoux devant elles comme un amant devant sa maîtresse, un païen devant son idôle, et ne rompait le silence que pour s'écrier de temps à autre: Incroyable! incroyable!... Pieters, après avoir joui de sa surprise, lui dit enfin:

Ne cherchez pas dans votre mémoire, monsieur Van Hosten, les noms de ces tulipes; vous ne les connaissez pas. Ce parc m'a coûté bien de l'argent, bien des peines, bien des voyages, bien des recherches; ces fleurs sont presque toutes des gains que j'ai faits, ou je les ai achetées avant qu'elles fussent livrées au commerce. Elles sont donc uniques et moi seul je les possède. A la naissance de ma fille, il y a de çà bientôt dix-sept ans, j'ai commencé à cultiver les tulipes, et chaque année j'ai vu cette collection s'accroître et s'enrichir. Je me disais: Ma fille grandira, elle deviendra belle et elle aura une dot, car je vendrai ce parc le jour où elle se mariera; mais aujourd'hui j'ai changé d'avis, et je ne donnerais pas pour mille florins un seul des oignons qui le compose.

Eh! pourquoi cela? avait répondu avec consternation Van

Hosten, qui avait espéré quelques instants que Pieters allait lui offrir d'acheter ses fleurs.

Pourquoi? avait répliqué le jardinier, parce que j'ai montré hier ces tulipes à ma fille, qu'elle m'a supplié de les garder pour elle, que je lui ai juré sur l'honneur de ne les donner qu'à l'homme qu'elle aimera et qui me demandera sa main; et que, de plus, je suis assez riche aujourd'hui pour lui donner une dot, même en gardant mon parc.

Sortons donc d'ici, Pieters; puisque vous ne vouliez pas me les vendre ces tulipes, vous eussiez pu vous dispenser de me les montrer. Et Van Hosten faisait ses efforts pour prendre un air dédaigneux et pour sortir du jardin; mais malgré lui il regardait encore les tulipes, et reculait autant qu'il avançait.

Pieters, profitant de ses hésitations, lui dit alors: Qui sait, monsieur Van Hosten, s'il n'y aurait pas moyen de nous arranger. Vous ne pouvez raisonnablement épouser ma fille, je le sais bien; mais monsieur Edouard aime Mathilde qui, de son côté, n'est pas restée insensible à l'amour de votre fils. Consentez à leur union, et ce parc vous sera offert par Mathilde le jour de son mariage.

Oh! oh! monsieur Pieters! allons-nous-en, avait répondu Van Hosten; peut-être serais-je assez fou pour dire oui quand je devrais dire non! Réfléchissez à cela tout à votre aise, avait ajouté le jardinier, et ils étaient sortis ensemble du jardin.

Pendant que cette petite scène se passait entre les pères des jeunes gens, ceux-ci n'étaient pas moins occupés de leur côté. Edouard avait été rejoindre Mathilde sous un berceau touffu de chèvre-feuille protégé par les branches entrelacées de plusieurs accacias, et Mathilde avait dit à Edouard la conversation qu'elle avait eue le matin avec son père. Son amant se désolait de ce qu'il appelait son imprudence, et pour le calmer, la jeune fille lui disait: Mon père m'a permis d'espérer, et mon père ne m'a jamais trompée. Et elle s'était laissé prendre ses jolies mains qu'Edouard couvrait de baisers, et ils se faisaient pour la millième fois peut-être le serment de s'aimer toujours, lorsque la voix de M. Van Hosten, qui parut à l'entrée du berceau, rompit leur doux entretien.

Venez, Edouard, dit-il à son fils; et il lui prit le bras et sortit avec lui sans paraître s'apercevoir de l'émotion de la jeune fille qui, toute pâle, s'appuyait sur le tronc d'un des accacias qui formaient le berceau et avait peine à retenir ses larmes.

Ni dans la rue, ni chez lui, Van Hosten n'adressa un mot à son fils; il s'enferma en rentrant dans son cabinet, fit dire à Édouard qu'il ne devait pas l'attendre pour souper, et le lendemain, chose incroyable, pour la première fois depuis vingt ans, il n'alla pas visiter ses fleurs.

Il se passe bien sûr quelque chose d'extraordinaire dans la famille, disait le soir à une voisine la vieille femme de charge qui servait Van Hosten depuis la mort de sa femme ; monsieur n'est pas entré au jardin aujourd'hui, et a dîné sans dire un mot à ce pauvre monsieur Edouard qui est triste comme un bonnet de nuit. Il a mangé un poulet à lui tout seul et a bu beaucoup plus que de coutume. Cela n'est pas naturel, mère Gauffinn! Et Thérèse rentra chez son maître en branlant la tête, et la mère Gauffinn alla raconter la nouvelle à une autre voisine. Aussi, grâce à elles, tout le voisinage sut bientôt que Van Hosten n'avait pas visité ses tulipes de la journée et qu'il avait bu et mangé comme un ogre, ce qui ne lui arrivait pas ordinairement. Cela fut commenté, discuté dans le quartier avec variantes et embellissements, et si Van Hosten eût fait le commerce, cela eût peut-être porté atteinte à son crédit ; car on savait, grâce encore à sa femme de charge, qu'il était ordinairement réglé dans sa manière de vivre comme la pendule de son salon. Tant il est vrai de dire qu'une petite cause produit souvent de grands effets, et que rien n'est plus à craindre, même pour un honnête homme, que les caquets des commères!

Edouard, de son côté, inquiet de cette nouvelle manière d'être de son père et pensant bien qu'il avait eu avec Pieters quelque explication, se rendit chez le jardinier qu'il trouva ainsi que Mathilde beaucoup plus gais tous deux qu'il ne s'y attendait. Il leur raconta tout ce que son père avait fait depuis la veille, et fut fort étonné d'entendre Pieters s'écrier en riant aux éclats: Allons, il en tient! J'en étais bien sûr, mes enfants; vous serez mariés, c'est moi qui vous le dit, et pour commencer embrassez-vous, c'est moi qui vous le permets! — Mais, mon père.... fit Matilde en cachant sa figure dans ses mains; — Mais, mon père.... fit à son tour Pieters, en imitant le ton presque suppliant de Mathilde, ne vas-tu pas faire la difficile maintenant! Allons, monsieur Edouard, ne l'écoutez pas, embrassez cette petite fille et revenez demain avec quelque bonne nouvelle. Mathilde mit à obéir à son père un faux air de résignation, qui fit sourire le jardinier. Pour Edouard, il ne se fit pas prier pour profiter de la permission, et il sortit en promettant de revenir le plus vite possible, car les demi-confidences de Pieters excitaient vivement sa curiosité, et il attendait avec anxiété le dénouement de ce mystère.

A son retour chez lui, un domestique l'informa que son

père s'était couché et qu'il n'eût pas à l'attendre pour souper. Mais Edouard ne songea pas non plus à se mettre à table, il se retira dans sa chambre, se coucha, ne dormit point, et dès que le jour parut il descendit au jardin où il fut fort surpris de trouver son père qui, une bêche à la main, arrachait d'un air consterné plusieurs tulipes de son parc. Dès que Van Hosten l'aperçut il lui fit signe de venir le joindre, et aussitôt qu'Edouard fut à portée de l'entendre : Voilà, monsieur, s'écria-t-il en lui montrant éparses sur le sable des fleurs que quelques jours auparavant il n'aurait pas cédées à quelque prix que ce fût, voilà le résultat de votre coupable conduite; c'est vous qui êtes la cause de tout ce désastre, vous qui, sans l'autorisation de votre père, vous permettez d'aimer la fille d'un jardinier! Vous serez la cause de ma mort, ajouta-t-il, en promenant un douloureux regard sur son parc dévasté et en cherchant un appui sur le manche de sa bêche; car évidemment le sang lui montait avec violence au visage, et il serait tombé si son fils ne se fût hâté de le soutenir. Quelques instants s'écoulèrent, et Edouard, voyant son père plus calme, se hasarda à lui répondre : Certes, mon père, si j'ai eu tort d'aimer Mathilde sans votre aveu, du moins je puis m'excuser en vous jurant que ce sentiment m'a d'abord maîtrisé à mon insu, et que trop tard je m'en suis aperçu pour pouvoir le vaincre. Mais vous, mon père, qui donc vous force à détruire ainsi des fleurs qui vous ont coûté tant de peine et d'argent? — Ce qui m'y force? Allez le demander au jardinier Pieters! Et comme il faut que tout cela finisse le plus vite possible, pour mon repos et pour le vôtre, annoncez-lui en même temps que nous irons le voir ensemble aujourd'hui même. Edouard retourna donc chez Pieters; mais cette fois ce ne fut pas sans un trouble violent qu'il vit Mathilde. Il lui semblait (tant nous sommes ordinairement habiles à nous créer des fantômes et à nous affliger gratuitement nous-mêmes), il lui semblait, dis-je, qu'il ne reverrait plus sa bien-aimée, ou qu'elle ne serait jamais à lui; il fallut que Pieters employât tous ses efforts pour parvenir à lui rendre quelque confiance.

Rendons compte maintenant des sensations intimes de Van Hosten depuis l'instant où il avait contemplé d'un œil d'envie et d'admiration les trésors du parc secret de Pieters.

Un sacrifice d'argent ne lui eût pas coûté pour acquérir cette inappréciable collection. Mais la condition que le père de Mathilde avait mise à la possession de ses tulipes, avait tout d'abord révolté l'orgueil de l'amateur et renversé tous les projets de fortune qu'il avait quelquefois formés pour son fils. Ses tulipes et son fils, voilà tout ce que Van Hosten aimait au monde; je ne doute même pas que s'il eût dû opter entre la santé de ses fleurs et celle d'Edouard, il n'eût mieux aimé voir ses fleurs malades et Edouard bien portant; on m'accuserait peut-être de calomnier le cœur humain si j'osais émettre un doute sur ce point. Dans cette circonstance, heureusement le choix n'était pas si difficile à faire, et après avoir rêvé tulipes deux nuits durant, après s'être livré à un accès de fureur contre son parc que la bêche avait si cruellement dévasté, il prit soudain la résolution de donner son consentement à Edouard. Qu'il ait la fille du jardinier, s'était-il dit, puisque je n'ai que ce seul moyen d'avoir les fleurs. Le *qu'en dira-t-on?* ne l'avait pas arrêté. Il pensait avec raison qu'un homme est toujours fou d'immoler son bonheur domestique à l'opinion publique, lorsque, pour être heureux, il ne blesse pas cette opinion dans les choses qui touchent à l'honneur. Et puis ses fleurs n'étaient-elles pas sa vie, comme l'amour de Mathilde la vie d'Edouard; et devait-il sacrifier ces deux existences à l'orgueil d'un vain préjugé? Telles étaient les réflexions qu'il avait faites et qui l'avaient déterminé à instruire Pieters de sa prochaine visite; mais, comme il ne s'était pas autrement expliqué avec son fils, on se peindra aisément l'anxiété du jeune homme lorsqu'il se rendit avec son père chez le jardinier.

Pieters les attendait, et malgré l'assurance qu'il avait montrée le matin encore, on aurait pu facilement, sur son visage plus sévère que de coutume, lire à quel point il souffrait de l'incertitude où il était de la résoluion que Van Hosten avait pu prendre.

— Eh bien! demanda-t-il, venez-vous chercher mes tulipes?

— Oui, et vous donner mon fils en échange, répondit l'amateur en poussant doucement devant lui Edouard que l'émotion rendait immobile, bien qu'il cherchât à s'armer de sang-froid.

— En ce cas, voici la clef du parc, dit Pieters en offrant cette clef à Van Hosten qui la prit aussitôt et la mit dans la poche de son habit qu'il boutonna, comme un fashionable le fait à l'Opéra pour garantir des mains des filoux sa montre d'or de Breguet.

Quelques minutes après, Mathilde et Edouard, certains de leur bonheur, étaient réunis sous les berceaux d'accacia. Van Hosten et Pieters s'y trouvaient aussi; les pères parlaient affaires, les enfants parlaient amour. Je suis assez riche maintenant, disait Pieters. Si je cultive encore des tulipes, je n'en vendrai plus, je me retire du commerce. Pour les jeunes gens, ils ne formaient pas encore de projets d'avenir, le présent suffisait à leur âme, et leur cœur, débordant de bonheur comme une coupe trop pleine, épanchait dans leurs regards les pensées enivrantes qui les occupaient.

Un notaire fut appelé séance tenante et le contrat fut dressé à la satisfaction des deux pères ; dirai-je des deux jeunes gens? Oh non ! je me tromperais. Peu leur importait le contrat ! Ils le signèrent et voilà tout. Avaient-ils besoin pour être heureux de voir que le jardinier Pieters donnait à sa fille dix mille florins pour sa dot, et Van Hosten autant de rente à son fils.

Bientôt les amants furent unis, et eurent le bon esprit de s'inquiéter fort peu des sots discours que l'on tint sur leur compte dans la ville où s'étaient divulguées les clauses de leur contrat de mariage. Un jour seulement, dans un bal où Edouard avait accompagné Mathilde, un mauvais plaisant se permit de dire assez haut pour qu'ils pussent l'entendre, que le jardinier Pieters avait acheté un époux pour sa fille, et qu'il l'avait payé avec des oignons de tulipes. Le rouge montait à la figure d'Edouard qui, assis près de sa femme, se levait déjà pour demander raison de cette insolence, lorsque Mathilde lui prit la main, le retint doucement à ses côtés, et le caressant d'un de ces regards que sait donner seulement une femme qui aime : Monsieur devrait ajouter, dit-elle en s'adressant à l'auteur de ce propos plus méchant que spirituel, que monsieur Van Hosten a livré son fils à trop bon marché, et que mon mari vaut mieux que toutes les tulipes de la Hollande. Puis elle se tut et les rieurs ne furent pas en majorité du côté du jeune fat qui avait voulu la persifler.

Edouard se contenta de cette vengeance, et depuis ce bal, la déférence que l'on montra partout dans le monde pour Mathilde le dédommagea avec usure de cette courte contrariété.

IMITATION.

De cette abeille ne crains rien,
Sur tes lèvres qu'elle repose ;
Une abeille, tu le sais bien,
Ne pique jamais une rose !

TRADUCTION D'HORACE.

(Livre II, Ode III).

A DELLIUS.

Æquam memento rebus in arduis
servare mentem,

Si le malheur t'étreint de sa main épineuse,
Sois fort dans les chagrins qu'il te faudra souffrir;
Si le destin te donne une fortune heureuse,
Que la prospérité ne puisse t'éblouir.

Tu mourras Dellius! Soit que ton existence
T'apporte les tourments d'une longue douleur;
Soit que des plus beaux jours savourant la douceur,
Sur un gazon secret, berçant ton indolence,
D'un falerne fameux tu goûtes la saveur.

Dans ce bois où le pin, le chêne à tête fière,
Aiment à marier leur ombre hospitalière,
A mêler dans les airs leurs amoureux rameaux;
Dans cet asyle frais, où la source plaintive
Au coude de la rive
Murmure en étendant ses eaux;

Fais apporter du vin, des parfums sous l'ombrage,
Des roses qu'un seul jour voit naître et voit mourir;
Mets à profit le temps, ta fortune et ton âge,
Tandis que les trois sœurs t'en laissent le loisir.

Un jour tu quitteras ton palais magnifique,
Et tes riches forêts, et ta maison rustique,
Ta villa qui se baigne aux flots du Tibre altier !
Tu mourras Dellius; ta fortune splendide
Passera dans la main cupide
D'un impatient héritier.

Es-tu riche, es-tu misérable?
Inachus compte-t-il au rang de tes aïeux?
Pour ton front n'as-tu pas d'autre toit que les cieux?
Tu mourras Dellius; la mort inexorable
Un jour te fermera les yeux.

Au même lieu nous guide une force certaine,
Nos noms sont agités dans l'urne du destin;
Nos noms sortiront tous, ou ce soir, ou demain:
Ou plus tôt, ou plus tard, le trépas nous enchaîne
Dans la barque qui nous entraîne
Vers un exil sans fin.

JACQUOT.

On dit que je parle sans cesse,
Que j'étourdis par mon caquet;
Las! je ne suis qu'un perroquet,
J'imite ma jeune maîtresse.

Tais-toi, Jacquot! dit-on sans cesse,
Épargne-nous ton long caquet!...
On fait un crime au perroquet
De ce qu'on passe à sa maîtresse.

UN TRAPPISTE.

. . . . . . François, mettez une bûche au feu, fermez les rideaux, et si quelqu'un vient pour me voir dites que je n'y suis pas,

Vous savez, mes amis, qu'en 1827, quelques mois après la mort de ma femme, je fus obligé de faire un assez long voyage pour les affaires de la succession. Or, la vie d'un voyageur est aussi variée, aussi pittoresque que les sites qui passent chaque jour sous ses yeux, que les pays différents qu'il parcourt; personne plus que lui n'a de ressource pour orner sa mémoire et son album. Cette vie toute d'activité à laquelle je n'étais pas fait, contribua à adoucir l'amertume de mes regrets; mais la perte de mon Adèle était encore trop récente pour que je me laissasse aller à toutes les distractions du voyage. Un nuage de tristesse pesait encore sur mon âme, et j'aimais à m'arrêter dans les lieux qui me semblaient le plus en harmonie avec ma douleur.

Une des propriétés dont la famille de ma femme me disputait la possession est située dans le département du Gard, à quelques lieues de la Grande-Chartreuse. Obligé de la visiter et de l'habiter quelques jours, je saisis cette occasion favorable de voir de près l'asile des grandes douleurs et quelquefois des remords. Un matin donc, seul et à pied, je m'acheminai vers le couvent. Il n'entre pas dans le cadre de mon récit de vous faire part de mes impressions à l'aspect des lieux majestueux et sauvages où il est situé, et puis, vous le dirai-je? ces grandes scènes de la nature étaient alors muettes pour moi; malheureux moi-même, c'était des malheureux que j'allais visiter, ou du moins des hommes que je me dépeignais comme tels; j'allais retremper mes douleurs dans leurs peines, mes regrets dans leurs regrets, et tout entier au souvenir de celle que j'avais aimée et dont je pleurais encore la perte, je m'apercevais à peine des accidents variés et quelquefois sublimes de ma route. Absorbé par la contemplation du passé, le spectacle présent pouvait si peu sur mon âme, que j'arrivai presque sans m'en apercevoir à la porte de la Grande-Chartreuse. Un trappiste vint m'ouvrir et me conduisit au chef de la communauté. — Mon fils, me dit le supérieur, lorsque je lui eus exposé mon intention de passer quelques jours au couvent; mon fils, soyez le bien venu; si vous avez des douleurs nous prierons Dieu qu'il les adoucisse; si vous avez des remords nous prierons Dieu qu'il vous pardonne. Et ayant fait appeler un religieux, il me le donna pour guide pendant tout le temps que je passerais au couvent. Ce trappiste était un homme jeune encore, mais ses cheveux et sa barbe commençaient à blanchir; ses traits amaigris étaient pâles et réguliers, son front chargé de rides se baissait vers la terre, et lorsqu'il le relevait, on lisait dans son regard sévère l'empreinte d'un passé orageux. Cet homme, pensai-je, a senti aussi la main de fer de la douleur s'appesantir sur sa tête, et dès-lors je m'attachai à mon guide par instinct et par sympathie. Depuis trois jours j'habitais la Grande-Chartreuse; j'avais assisté aux offices que les religieux chantent la nuit dans leur chapelle, j'avais prié avec eux, j'avais répandu bien des larmes dans le silence de ma retraite, et mon cœur me disait que mes larmes avaient eu leur écho; lorsque nous sortîmes un matin le religieux et moi. Il m'avait promis de me guider vers un des sites les plus pittoresques des environs du couvent, et nous marchâmes long-temps avant que d'y arriver.

C'est au haut d'un mont escarpé que nous nous reposâmes, sur le tronc d'un chêne renversé par l'orage. Un précipice ouvrait sa gueule béante à quelques pas devant nous; plus bas, des rochers qui semblaient aussi déracinés par la tempête, gisaient çà et là sur la terre, et au milieu des arbres qui croissaient parmi ces débris, une clairière permettait aux regards de plonger dans un immense paysage. Ce spectacle me frappa d'abord d'une juste admiration; puis me laissant aller insensiblement aux souvenirs qui me brisaient le cœur, je cachai mon visage entre mes mains et je versai des larmes amères. Vous êtes donc bien malheureux, mon frère, me dit alors mon guide, puisque ce spectacle sublime ne peut vous distraire de vos peines? Eh bien! écoutez-moi, je veux vous faire le récit des événements qui m'ont conduit ici; peut-être le tableau de mes propres douleurs contribuera-t-il à adoucir les vôtres. Et sans me permettre de répondre, le trappiste serra ma main dans la sienne et parla en ces termes:

« Il y a onze ans, j'étais riche, j'étais aimé, j'étais heureux; j'avais un rang distingué dans le monde, un grade élevé dans l'armée, et l'on me nommait le comte de S***. Aujourd'hui, j'ai fait vœu de pauvreté et d'obéissance, je ne suis plus rien..... Je suis le frère Paul! Dès ma jeunesse, destiné par mon père à la carrière des armes, j'entrai, à ma sortie de l'école, dans le corps du génie, et je dus à mon nom et à mes connaissances un avancement rapide. Capitaine à vingt-deux ans, possesseur d'une fortune considérable que m'avait laissée ma mère, doué, pour mon malheur, d'une âme ardente, et privé des conseils de mon père qui seuls eussent pu maîtriser mes penchants impérieux, je me livrai à tous les plaisirs, je pourrais dire à tous les écarts d'une jeunesse bouillante. C'est ainsi que je passai cinq années de ma vie, qui ne me laissèrent après elles que vide et dégoût. Tout-à-coup et sans cause apparente, je pris en haine le jeu que j'avais aimé avec fureur et auquel j'avais sacrifié tant de mes nuits; je cessai de demander aux cartes et au punch les émotions saisissantes et l'ivresse; aux femmes, les plaisirs et les triomphes de l'amour-propre. Misantrope par ennui, je me mis à fuir les hommes et je me renfermai chez moi, sans conserver avec les officiers de mon régiment, d'autres relations que celles nécessitées par le service.

» Alphonse de L. était le seul d'entre eux avec lequel je fusse encore intimement lié. Le plus souvent qu'il le pouvait, il venait m'arracher à ma solitude, ou la charmer en me parlant de sa sœur qu'il idolâtrait. Il me faisait de cette sœur le plus séduisant portrait, il me la dépeignait sous les couleurs les plus aimables. C'est un ange, me disait-il, elle est aussi bonne que belle! Je ne sais si en choisissant aussi souvent sa sœur pour texte de nos conversations, mon ami avait une intention secrète qu'il n'a jamais voulu m'avouer depuis; mais insensiblement j'éprouvai le désir de connaître cette femme dont il me faisait tant d'éloges, et je ne résistai que faiblement, lorsqu'il m'offrit d'aller avec lui passer quelque temps chez son père, pendant un congé que nous venions d'obtenir. Nous partîmes et je la vis; et la voir et l'aimer ne fut pour moi qu'une même chose. Peut-être avez-vous ri, si l'on vous a parlé avant moi des rapides effets de cette sympathie soudaine qu'un coup-d'œil suffit quelquefois pour allumer dans deux âmes que doit bientôt bercer un même rêve d'amour. Avant de connaître Emma, je n'y croyais pas non plus; mais à son aspect, je sentis naître en moi un trouble indéfinissable. En me voyant pour la première fois, Emma baissa les yeux, elle rougit, puis elle devint pâle, comme si une révélation soudaine de son cœur lui eût dit notre avenir....... »

Le trappiste en était là de son récit, je voyais des larmes ruisseler sur son visage. Mon père, me hâtai-je de lui dire, ne continuez pas, si vos souvenirs vous sont si pénibles qu'ils doivent réveiller toutes vos douleurs. Mais il reprit ma main dans les siennes: Non, je ne céderai pas, s'écria-t-il, au désir que j'éprouve de vous peindre celle que j'ai tant aimée, et quand même je le voudrais en aurais-je la force?

Regardez plutôt cette image, c'est la sienne! Et le religieux tira de son sein un crucifix et un portrait de femme enfermé dans une boite d'or, qu'il ouvrit en détournant la tête et qu'il me laissa contempler dans une admiration muette, tandis que lui-même fixait ses regards sur le crucifix d'ivoire qu'il avait gardé entre ses mains. Lorsque je levai les yeux, je vis le trappiste pâle, pâle comme on peint la mort. — Il reprit le portrait qu'il referma sans le regarder. Il y a bien des années que je n'ai vu ces traits chéris, ajouta-t-il; j'ai fait vœu de ne plus ouvrir cette boite qu'une seule fois en ma vie, — le jour où je devrai mourir. — Puis, après quelques minutes de silence, il continua en ces termes:

« L'amour qu'Emma m'avait inspiré était partagé par elle; elle m'aimait autant que je l'aimais moi-même. A ma flamme elle avait répondu par un pudique aveu, lorsque le congé de son frère étant expiré nous dûmes partir. Mais je ne voulus pas m'éloigner de ma bien-aimée, sans avoir ouvert mon âme à son père. Dès les premiers mots que je prononçai: « Croyez-vous que je ne me sois pas aperçu de votre mutuel amour? Ecrivez-nous souvent, et si après une année d'absence votre âme n'a pas changé, je vous donnerai la main d'Emma d'aussi bon cœur qu'elle vous a donné son amour. »

» C'est ainsi que je partis plein d'espérance et ne voyant plus que du bonheur dans mon avenir. Pour moi plus de tristesse! Pour moi plus d'ennui! Je n'étais plus le même homme, j'étais redevenu affectueux et bon, comme aux premiers jours de mes folies. Mes amis que mon humeur bizarre et sauvage avait éloignés de moi, me revinrent presque tous et m'entraînèrent de nouveau dans leurs plaisirs, dont je m'efforçai cependant de fuir les excès. Le souvenir d'Emma, son portrait qu'elle m'avait donné en échange du mien étaient mon égide; les lettres que je recevais d'elle et celles que je lui écrivais faisaient mes plus chers plaisirs. Plût au Ciel que je ne me fusse permis que ceux-là! Un soir que je relisais pour la centième fois peut-être une des charmantes épîtres de mon amie, Adolphe arrive chez moi. Philosophe! s'écria-t-il en entrant, gare à ta sagesse! Je viens ici pour te tenter, je t'en préviens. Le capitaine L. donne à souper ce soir, et tu connais les soupers du capitaine L. Orgie complète ma foi!! Alerte! nos amis te réclament et j'ai parié du champagne que je reviendrais avec toi. En vain je voulus résister, Adolphe pour toute réponse me criait aux oreilles, le champagne! le champagne! Il m'étourdit et m'entraina. Hélas! monsieur, le premier pas que nous fîmes hors de la chambre fut le premier qui nous avança moi vers la trappe, lui vers la tombe.

» Nous arrivâmes et nous fûmes reçus au milieu des applaudissements de l'assemblée, et de quelle assemblée, monsieur! Adolphe ne m'avait pas trompé; je trouvai chez le capitaine tout ce qu'il m'avait promis et plus encore! Ma pauvre tête céda plutôt que mon cœur au tourbillon qui m'environnait. L'orgie dressait ses piéges autour de moi, et je ne tardai pas à y tomber. L'orgie! comprenez-vous bien ce mot funeste! L'orgie! c'est un amas de plaisirs monstrueux, une fête impure où s'allument, où se réveillent toutes les passions. Là toute vertu se fane, là toute conscience se crée des remords... Le jour commençait à poindre et nous ne nous en apercevions pas; les cartes se mêlaient encore entre les mains de ceux qui se sentaient assez de force pour les tenir; le punch bouillonnant jetait encore ses flammes bleues et se mêlait dans nos verres à la mousse du champagne; nos chants, nos cris désordonnés, nos rires tumultueux allaient en croissant avec notre ivresse, et moi je n'étais ni le moins ivre, ni le moins fou de tous les insensés qui m'environnaient. En ce moment d'effervescence et de fièvre, un silence se fit et Adolphe, Adolphe qui aimait tant sa sœur, Adolphe dont j'étais presque le frère avant que les fumées du punch eussent troublé sa raison, prononça des mots qui me semblèrent insultants pour moi et pour la femme que j'aimais. Tel que l'orgie m'avait fait, je ne pus l'entendre sans frémir, et ma main furieuse imprima sur sa joue un affront qui, entre militaires, ne se peut laver qu'avec du sang. Alors tout ne fut plus que confusion, tout fut renversé et foulé aux pieds, nous prîmes des pistolets et nous nous précipitâmes hors de l'appartement.

» Je ne vous dirai pas ce qui suivit; l'air vif du matin, au sortir de la chaude atmosphère où nous étions restés toute la nuit, acheva d'anéantir les dernières lueurs de ma raison. Je sais seulement que lorsque je m'éveillai le lendemain, je me trouvai dans mon lit et couvert de sang. Ce sang était le mien, j'avais le bras traversé d'une balle. Alors un affreux souvenir se dressa hideux dans ma mémoire; je me souvins qu'Adolphe et moi nous étions sortis pour nous battre; est-il blessé, m'écriai-je? Mes amis qui m'entouraient me rassurèrent d'abord; mais à leurs réponses embarrassées, je compris qu'ils mentaient, et ils durent enfin me dévoiler la vérité qu'ils voulaient me cacher encore. Le coup d'Adolphe et le mien étaient partis en même temps et nous étions tombés ensemble; mais lui, pour ne plus se relever.........

» Alors, d'un coup-d'œil, je sondai l'abîme que j'avais ouvert sous mes pieds, abîme que je ne pouvais plus franchir. Je poussai des cris déchirants, et dans mon délire je demandai la mort comme une faveur à ceux qui me gardaient. Mais enfin, l'excès même de ma douleur me sauva. L'anéantissement de toutes mes facultés qui en fut la suite presque soudaine et le sang que j'avais perdu en abondance, m'ôtèrent les moyens d'attenter à ma vie qui désormais n'était plus pour moi qu'un supplice. Trois mois je fus malade, un an je ne reçus de nouvelles ni d'Emma ni de son père. J'avais envoyé ma démission au ministre, j'avais pris le monde en haine, et moi-même en haine plus que le monde; lorsqu'un matin que j'étais seul dans ma chambre, seul avec mes remords et mes douleurs, ma porte s'ouvre et un homme entre sans se faire annoncer. A peine l'ai-je reconnu, que je me précipite à ses pieds. Cet homme, c'était le père d'Emma!! « Monsieur, me dit-il, je ne viens pas ici pour vous accabler de mes reproches; mais ma fille chérie, mon Emma se meurt et à tout prix je veux la sauver...... même en vous la donnant, monsieur....... Que mon enfant vive et qu'elle soit heureuse, peut-être alors pourrai-je vous pardonner! » Et moi, je pleurais en embrassant ses genoux et je ne concevais pas ce père qui donnait pour époux à sa fille, le meurtrier de son fils. — Voulez-vous que nous arrivions trop tard? fit-il en me relevant; une chaise de poste est à votre porte, suivez-moi!.... Nous partîmes.... Emma prévenue de notre arrivée nous attendait; mais en me voyant, elle se précipita dans les bras de son père et s'évanouit. Nos soins empressés la firent bientôt revenir à la vie, elle me tendit sa main brûlante que je couvris de baisers et de larmes; puis, ne pouvant se faire elle-même plus long-temps violence, elle cacha son visage sur mon épaule et pleura amèrement aussi. Ses pleurs la sauvèrent.

» Emma était une de ses délicieuses mais frêles créatures qui trouvent des forces pour résister à la douleur et qui n'en ont plus pour le bonheur lorsque la lutte qui les a épuisées se termine par leur triomphe. Emma ne sentit sa faiblesse que lorsque le danger fut passé; elle me le dit et m'effraya. En vain je voulais la rassurer. C'est là qu'est mon mal, me répondait-elle toujours, en appuyant avec force ses deux mains sur son cœur. Hélas! je ne le savais que trop. Un anévrisme menaçait les jours de ma bien-aimée; elle seule ignorait le nom du mal qui creusait sa tombe.

» Une année presque entière, pénible mélange de crainte et d'espérance, s'écoula pour son père et pour moi, sans nous permettre de songer à autre chose qu'à lui prodiguer nos soins. Mais enfin, la présence de son amant et l'attention que nous mettions à la distraire, en écartant d'elle le plus possible tout souvenir du passé et en lui offrant une douce image de l'avenir, rappelèrent peu à peu sur son visage des indices de sa fraîcheur première, et elle parut alors assez bien pour que son père fixât le jour de notre union.

» Un mois après, de nombreux équipages se pressaient à minuit aux portes de l'hôtel illuminé et orné de fleurs. Tout autour de nous répandait un parfum de fête et de joie. Déjà Emma était mon épouse aux yeux de la société; bientôt elle allait être ma compagne devant Dieu. Nous arrivons à l'église et la cérémonie commence.........

» Oh! avec quelle ardeur! avec quelle vérité je jurai à Dieu le bonheur d'Emma! Mais ce Dieu que je pris à témoin de mon amour, dédaigna mon serment et ne voulut pas de mon expiation, il se chargea lui-même du châtiment du meurtrier.

» C'était au moment où le prêtre échangeait nos anneaux. Tout-à-coup ma femme jette un cri déchirant....... A peine ai-je le temps d'empêcher sa chûte en la recevant dans mes bras. Eperdu, hors de moi, je la pose sur les marches de l'autel, son père la soutient, et moi, à genoux devant elle, je la supplie de ne pas mourir. A la voix de celui qu'elle aime, Emma ouvre les yeux. « Embrasse-moi, mon Edmond, me dit-elle; ce baiser sera la seule caresse que je recevrai de mon époux. Ah! pour mourir je suis trop jeune d'un jour, je ne meurs pas résignée!! » Et moi, comme un insensé, j'avais repoussé son père, j'avais pris ma femme entre mes bras, et collé mes lèvres aux siennes.......... J'aspirai son dernier soupir. . . . .

. . . .

» Telle fut la nuit de noce que l'orgie m'a faite, monsieur. C'est l'orgie qui m'a mis le remords au cœur et qui m'a enseveli vivant sous cette tunique de laine. C'est l'orgie qui a tué le frère d'Emma et qui a jeté raide et livide le cadavre de ma bien-aimée dans la couche nuptiale preparée pour les fetes de l'hymen. Je veillai près de cette couche tout ce qui me restait d'Emma; je fermai sa paupière et je la confiai au cercueil. Mais avec elle descendirent à la tombe toutes mes illusions, toutes mes espérances: mon cœur était trop profondément blessé, pour que je voulusse vivre encore. Ma main s'arma de l'arme meurtrière qui avait tué mon ami; mes dents frémissantes y imprimèrent leurs traces; je pressai la détente.... le coup ne partit point. Etonné, honteux de respirer encore, je compris que cette même Providence que j'avais blasphémée tant de fois, en la nommant fatalité, avait veillé sur mes jours. Je jetai loin de moi l'arme qui n'avait pas voulu de ma vie, et alors pour la première fois je songeai à la trappe.

» Ici j'ai trouvé une mort plus lente mais plus sûre, qui fait survivre le corps à la volonté, mais qui, hélas! n'anéantit pas le souvenir. »

Le trappiste cessa de parler et nous reprîmes à pas lents le chemin de la Grande-Chartreuse; j'étais pensif, mais plus calme. Ma douleur s'était évanouie devant celle de cet homme; ma douleur près de la sienne n'était rien. Le lendemain je partis et le trappiste m'accompagna quelques instants pour me montrer ma route. — « Quand je serai mort, me dit-il en me quittant, on vous remettra le seul bien qui devait m'accompagner dans la tombe. Vous le garderez en mémoire du frère Paul... » Puis il s'éloigna rapidement, comme s'il eût craint de revenir sur sa parole.

Six semaines après mon retour dans ma famille, je reçus la boîte d'or qui renfermait le portrait d'Emma.

SUR LA MORT D'UN GOURMAND.

Truffivor, un matin, d'une douleur si vive
Est saisi, qu'à l'instant le médecin arrive.
Une diète sévère éloigne le danger
Du mal inopiné qui menace sa vie.
Las! Truffivor échappe à cette maladie;
Mais il meurt de chagrin de ne pouvoir manger.

ÉPIGRAMME.

Incognito docteur en médecine,
Et prêtre en même temps, Damis peut s'illustrer;
Mais c'est bien là, je m'imagine,
Vouloir deux fois nous enterrer.

A TOI!!

Laisse-toi donc aimer ! Oh ! l'amour, c'est la vie.
VICTOR HUGO. (*Les Chants du Crépuscule*, XXI.)

Ne me demande plus, ô mon unique amie!
Comment ton seul amour peut embellir ma vie;
En t'adorant pourquoi j'ai cessé de souffrir?
Trop heureux de céder à mon cœur qui m'entraîne,
Je n'interroge pas d'une poursuite vaine,
Les secrets de l'amour ni ceux de l'avenir.

Sait-il le nuage rapide,
Lorsqu'un zéphir léger le guide,
Au sein d'un ciel suave et pur;
Sait-il quand le soleil le dore,
Pourquoi son rayon le colore,
De teintes de pourpre et d'azur?

Le ruisseau qui, dans la prairie,
Verse la fraîcheur et la vie,
Par ses replis capricieux;
Sait-il pourquoi son onde pure,
Dans son cours gémit et murmure,
Ainsi qu'un luth harmonieux?

Non, dans les prés fleuris que sa course féconde,
Le ruisseau ne sait pas le doux chant de son onde;
Le nuage flottant sur les vagues des airs,
Ne sait pas qui le peint de ses reflets divers;
Et cependant tous deux poursuivant leur carrière,
De leurs dons bienfaisants fertilisent la terre.

Cédons à l'éloquente loi,
Du sentiment qui nous enflamme;
Pour mon cœur donne-moi ton âme,
Donne-moi ta foi pour ma foi!
Du bonheur la coupe limpide,
Prodigue à notre lèvre avide
Son breuvage délicieux;
Sans rechercher son origine,
Epuisons la liqueur divine,
Soyons ignorants mais heureux!

Ne te suffit-il pas de compter sur toi-même,
De savoir que le temps ne peut nous désunir;
Ne te suffit-il pas de savoir que je t'aime,
Et que si tu mourais il me faudrait mourir?

Je passerais ma vie à chanter tes louanges,
Je t'aime comme on aime un ciel d'or et d'azur;
Je t'aime comme aux cieux savent aimer les anges;
Content d'un amour chaste et pur.

Je t'aime comme on aime une sainte madone,
Comme le nautonnier aime le port natal,
Comme l'arbre, au printemps, sa naissante couronne,
Le gazon l'onde de cristal!

Ta voix charme plus mon oreille
Que les concerts mélodieux
De l'alouette qui m'éveille,
Le matin en montant aux cieux;
Et quand ma tendre inquiétude
Me conduit dans la solitude
Sous l'ombre tranquille des bois;
Du rossignol la voix plaintive,
Touche moins mon âme attentive,
Que l'écho lointain de ta voix.

Et lorsque ta bouche m'adresse
Quelques-uns de ces mots heureux,
Où je lis ta vive tendresse ;
Quand mes yeux rencontrent tes yeux ;
En vain mon sang court plus rapide,
Hélas! comme un enfant timide,
Et trop faible pour mon bonheur,
Je te contemple, je t'admire,
Et je ne sais comment te dire
Ce qui fait palpiter mon cœur.

Mon âme est un miroir fidèle
Qui ne réfléchit que tes traits ;
Ton image déjà si belle,
S'y pare de nouveaux attraits.
Du temps l'haleine est impuissante
Pour ternir la glace vivante
Qui te retrace à ton amant ;
C'est pour qu'il existe autant qu'elle,
Que dans cette glace immortelle
L'amour a gravé mon serment.

En vain tout change sur la terre,
En vain tout s'use sous nos pas;
Dans notre course passagère,
Notre cœur seul ne vieillit pas ;
Un amour pur et véritable
Est comme un phare inébranlable,
Qui brave les flots orageux ;
En vain la mer mine sa base,
Le feu sublime qui l'embrâse
Lance sa clarté vers les cieux.

Aimons-nous donc, ô mon amie!
Les autans sauront respecter,
Sur le fleuve de cette vie,
La barque qui doit nous porter.

De nos serments heureux esclaves,
Brisons de frivoles entraves,
Voguons en unissant nos cœurs!
Ou goûtons le bonheur ensemble,
Ou qu'un même tombeau rassemble
Ici bas nos mêmes douleurs!

ENCORE A TOI!

Quand ta voix meurt dans mon oreille,
Mon âme résonne et s'éveille,
Comme un temple à la voix des Dieux!
ALPHONSE DE LAMARTINE (*Méditation LIV.*)

Je n'ai pas à tes pieds versé toute mon âme,
Il me reste pour toi mille concerts d'amour;
Je veux chanter encor pour toi, céleste femme,
Qui dans ma sombre nuit as fait luire le jour!
Ici bas, dans tes yeux, j'ai trouvé mon étoile;
Seule tu fais vibrer mon esprit et mon cœur;
Et je veux te parler sans détour et sans voile,
Comme une âme parle au Seigneur.

Pardonne si ma voix, célébrant ta louange,
Faiblit et ne peint pas mon amour tout entier;
Car il n'est dans mon cœur nul indigne mélange,
Car une seule rose embaume mon sentier.
Mais hélas! je me trouble en te voyant si belle;
Tant d'éclat resplendit à ton front radieux,
Que je pâlis ainsi que ma lampe fidèle
Quand le soleil se lève aux cieux.

Le jour que tu parus, chacun en ta présence
Se sentit tressaillir d'amour et d'espérance;
De toi chacun brûla d'obtenir un coup-d'œil.....
De tous ces papillons tu détournas la tête,
Et tu sus entre tous deviner le poète
Tremblant d'amour à ton accueil.

Si tu m'avais vu pauvre et triste et solitaire,
Tu voulus consoler mon chemin sur la terre;
Tu vins à mon secours, ange envoyé du Ciel!
Devant moi tu marchas et je suivis ta trace,
Et depuis cet instant l'espérance eut sa place
Dans mon âme sur ton autel.

Ta bonté pardonna mon souhait téméraire,
Ton regard me fut doux et tu me dis: Espère!
En un beau jour d'été ta moisson peut murir!
Et je crus ta parole, et dans ma coupe pleine
Je bus avec l'amour, et l'oubli de ma peine
Et la foi d'un riche avenir.

Je n'avais pas douté de ton divin oracle;
L'amour, de mon bonheur, consomma le miracle,
L'amour à son pouvoir mesura mes succès.
Mon cœur fut trop étroit pour mon ivresse extrême;
Je cueillis ma moisson, ma moisson fut toi-même!..
Ainsi la voix du Ciel ne nous trompe jamais!

Tu subjuguas mon cœur, tu pénétras mon âme,
Un seul mot de ta bouche ordonna mon réveil;
Je m'ignorais encor quand ta lèvre de flamme
Me souffla sa chaleur au sein de mon sommeil.

Je vivais comme vit la plante printannière,
Qui pour fleurir attend le midi d'un beau jour;
Toi tu fus mon soleil! toi tu fus ma lumière!
Tu me donnas mon âme en me donnant l'amour.

Voyageur au désert, je pleurais dans ma tente;
Si je portais les yeux à l'horizon lointain,
Je ne voyais partout qu'une arène brûlante,
Et je n'avais pas d'eau pour rafraîchir mon sein.

Soudain tu m'apparus, et ta main fut mon guide;
Elle me découvrit une source limpide
Qui mouilla sous mes pieds le sable des déserts.
Alors, magique effet de ma reconnaissance,
La poésie en moi trahit son existence,
Et s'épancha dans mes concerts.

Mon luth, pour te louer, fit jaillir l'étincelle
Où l'âme du poète éclate et se révèle;
Pour la première fois ma lyre résonna;
Et dans mon nouvel être une corde sonore
Vibra comme ma voix pour t'adorer encore
Et pour te crier, hosanna!

Ainsi je te dois tout : et mon âme, et ma vie,
Et ma seconde voix que le vulgaire envie;
Echo des hymnes saints qui se disent aux cieux.
Dans mes vers c'est ton cœur qui chante ou qui soupire,
C'est ta main qui conduit la mienne sur ma lyre,
Je parle par ta bouche et je vois par tes yeux.

Oh! béni soit le Ciel qui t'envoya, bel ange!
C'est à toi que revient l'encens et la louange,
Car moi je suis ton œuvre, et ma lyre est ton bien;
Moi, je suis l'instrument qui sous tes doigts résonne,
Je suis le fruit doré que produisit l'automne;
La saison a tout fait, je ne réclame rien.

Je voudrais seulement te prouver que je t'aime
Plus que l'homme jamais ne palpita d'amour;
Plus que le nautonnier dans une nuit suprême
Ne désire la terre et n'appelle le jour.

Non, l'Arabe égaré sur l'océan de sable
Qui sous le vent de feu gronde précipité,
N'implore pas autant un abri secourable,
N'a pas tant besoin d'ombre et d'hospitalité;

Que moi je n'ai besoin de ton amour pour vivre,
De ton bras pour appui, de tes yeux pour soleil;
Que mes pas n'ont besoin de tes pas pour les suivre,
Mon cœur de ton cœur pour conseil!

TOUJOURS A TOI!

Oui, c'est toujours pour toi que ma main amoureuse
Module de mon luth la voix mélodieuse,
Toujours fume pour toi mon poétique encens;
Je t'ai faite le Dieu qu'en ce monde j'adore,
Tu peux seule inspirer encore
Mon âme et mes accents!

A Dieu bien moins qu'à toi s'adresse ma prière,
Tu m'as donné du Ciel un reflet sur la terre,
Et plus que tout mortel, tu m'as dit: Sois heureux!
Aussi mon cœur, content de son bonheur immense,
Ne demande plus rien au Monde, à l'Espérance,
Ne demande plus rien aux Cieux!

Ton amour fait ma gloire, et tu fais ma richesse;
Tu fais mon horizon, tu fais mon avenir;
Le passé n'est qu'un songe, et je date sans cesse
Du jour où je t'aimai mon premier souvenir.

Mais que la voix humaine est faible et sans parole,
Mais qu'il est vain le son qui des lèvres s'envole
Pour chanter ce rêve du cœur,
Ce secret de l'amour, abîme de tendresse,
Où l'âme boit l'ivresse
Aux sources du bonheur!

Ce secret n'est-il pas la sublime harmonie
Dont résonnent les Cieux dans un hymne éternel?
Ce secret n'est-il pas mon âme, mon génie,
En moi l'Echo sacré du concert immortel?

Oh! non, ma voix n'est rien pour te dire: Je t'aime!!
Je voudrais te parler un langage divin,
Digne de mon amour et digne de toi-même;
Je voudrais déposer mon âme dans ta main;

Je voudrais dans ton ciel planer comme une nue,
Je voudrais être l'air que respire ton sein,
Le rayon du soleil qui caresse ta vue,
Le sable que ton pied foule sur son chemin.

Si vers la montagne
Mon pas t'accompagne
Quand le Ciel est beau,
Oh! je voudrais être
L'ombrage champêtre
Que t'offre l'ormeau;
Ou bien l'eau limpide
Quand la soif te guide
Aux bords du ruisseau;
Quand tu te reposes,
Le parfum des roses,
Le chant de l'oiseau!

Sur l'onde infidèle
Lorsque ta nacelle

Vole à tire-d'aile,
Je me sens frémir;
Je fais ma prière
Et voudrais, ma chère,
Être l'onde amère
Pour te soutenir;
Être ton étoile
Quand le Ciel se voile,
Et gonfler ta voile
Mieux que le zéphir!

Je voudrais au sentier où ton pas s'achemine,
Être le frais gazon où parfois tu t'assieds;
Je voudrais détacher mon cœur de ma poitrine,
Te l'offrir palpitant et le mettre à tes pieds;

Et je te dirais: Dans mon âme,
Comme en un livre ouvert, lis! ô céleste femme!
Ce secret si cruel et si doux à la fois,
Ce mot qu'on ne peut rendre et qui de bonheur tue,
Et qui parle plus haut en moi, que dans la nue
De l'orage la grande voix!

Et tu verrais alors que ma bouche est menteuse,
Qui ne te peint jamais mon amour qu'à demi;
Et plus que toute femme, oh! tu serais heureuse
De te savoir aimée ainsi!!

A UN JEUNE HOMME PORTANT UN FAUX TOUPET.

Ton perruquier est plein d'adresse,
Mais ton front chauve t'irait mieux.
Ne sait-on pas que la sagesse
Seule fit tomber tes cheveux.

TRADUCTION D'HORACE.

(Livre II, Ode IX).

A LICINIUS.

Rectius vives, Licini, neque altum
Semper urgendo ,

Si tu veux être heureux et vivre avec sagesse,
Que ton hardi vaisseau n'affronte pas sans cesse
Les vagues de la haute mer;
Si ta prudence craint la tempête perfide,
Garde-toi de raser le rivage homicide,
Où se cache l'écueil au sein du flot amer.

Le mortel amoureux d'une simple fortune
Digne reflet de l'âge d'or;
A l'abri de l'erreur commune,
Ni trop haut, ni trop bas, ne règle son essor;
Les stigmates de la misère
Sous son modeste toit ne se montrent jamais,
Et jamais le passant, regardant en arrière,
Ne s'éloigne envieux de son riche palais.

Le pin énorgueilli de son superbe faite
Est plus souvent en butte aux coups de la tempête;
La haute tour s'écroule avec plus de fracas,
Et de la foudre les éclats
Des plus hauts monts brisent la tête!

Le sage qui s'attend aux chances du destin,
Craint au sein du bonheur une chûte soudaine;
Quand des chagrins sur lui pèse la lourde chaîne,
Il espère toujours un plus doux lendemain.

De Jupiter la main puissante
Sur la nature frémissante
Verse le givre de l'hiver;
Et lorsqu'un manteau de verdure
Au printemps pare la nature,
C'est l'ouvrage de Jupiter!

Le lendemain souvent est meilleur que la veille,
A des jours nébuleux succèdent de beaux jours;
D'Apollon quelquefois la lyre se réveille,
Son arc victorieux n'est pas tendu toujours.

De ton bonheur lorsque pâlit l'étoile.
Licinius, montre-toi courageux;
Ton vaisseau vole-t-il sous un vent trop heureux,
Fais preuve de sagesse en repliant ta voile!

SUR UNE DAME QU'ON ACCUSAIT DE METTRE DU FARD.

Le monde est si méchant, il aime tant mentir
Qu'il accuse Lydé de peindre sa figure;
Mais c'est une affreuse imposture:
Hier, quand son amant s'est blessé, je le jure,
J'observai cette belle et je la vis pâlir.

MA MÈRE!

L'amour a encore son égoïsme à lui,
l'amour maternel n'en a plus.
M. DE BALZAC.

Il est un mot divin dans toute langue humaine,
Un mot, symbole vrai de bonté souveraine,
Et qui commande à l'homme un amour solennel;
Car l'être que ce mot présente à la pensée
Est le premier anneau de la chaîne sacrée
Qu'on nomme Providence et qui descend du Ciel.

Ma mère!!... C'est le mot qu'un faible enfant murmure
Quand pour sagesse il a l'instinct de la nature,
Et que sa lèvre à peine essaie un premier son;
C'est le mot qu'il épelle avant de le comprendre;
Mot qui fait tressaillir cette mère si tendre
Et lui fait d'allégresse une douce moisson.

Ma mère! C'est le cri de la vierge timide
Lorsque, comme un problème, à son âme candide,
S'offre confusément un rêve de bonheur,
Et que, sans rien comprendre à son cœur qu'elle écoute,
Elle sent dans son sein le désir et le doute,
Et sur ses traits émus une chaste rougeur.

Ma mère! C'est le cri que la jeunesse folle
Jette désespérée à l'instant que s'envole
Le mirage imposteur de ses illusions;
Que de son frais espoir la fleur se décolore,
Et que son cœur froissé, qu'un feu mortel dévore,
Se brise sous la main des grandes passions.

Ma mère! C'est le cri de la douleur soudaine;
Celui de l'exilé, pour épancher sa peine,
Lorsqu'il meurt lentement loin du pays natal.
Comme pour faire à Dieu sa suprême prière,
Au Ciel le condamné jette ces mots: Ma mère!!
Quand son front va tomber sous le glaive fatal.

C'est qu'en nous nous avons une noble croyance
Où tout vrai sentiment d'amour et d'espérance,
Comme aux sources du bon, aime à se retremper;
Que nous cherchons sans cesse une amitié fidèle,
Et que nous comprenons que l'âme maternelle
Vole au-devant de nous et ne peut nous tromper.

C'est que nous savons bien, quand le mal nous menace,
Que l'âme d'une mère est la vivante glace
Qui reflète le mieux nos pleurs et nos combats;
C'est que nous savons bien que sa tendre parole,
Mieux que toute amitié, nous calme et nous console
Quand la douleur s'obstine à poursuivre nos pas.

Ma mère! Oh! qui jamais pourra dire et comprendre
Tout ce qu'un pareil cri peint de grand et de tendre?
N'est-il pas à lui seul un cantique pieux,
Un mystère d'amour où se repose l'âme,
Et qui doit entourer, ici bas, toute femme,
D'un respect chaste et pur comme un rayon des cieux?

Oh! c'est à nous surtout, poète à l'âme ardente,
Qu'il convient de chanter, dans une hymne brûlante,
Ce mystère infini d'amour et de bonté;
A nous qui pénétrons plus loin que le vulgaire
Et qui comprenons mieux ce qu'au cœur d'une mère
Le Créateur a mis de sa divinité!

C'est à nous d'embellir une sainte existence
Qui n'a qu'un fils pour bien, pour but, pour espérance;
Qui vit de ses plaisirs et meurt de ses douleurs!
O mere! c'est à nous de bercer ta vieillesse,
De t'aimer sans partage, et de veiller sans cesse,
De peur que ton regard ne se voile de pleurs!......

Mais, si déjà la mort au pied froid et rapide,
Au banquet de la vie a fait sa place vide,
Si notre mère au Ciel nous aime et nous attend;
Pour charmer jusqu'au bout notre pélerinage,
S'il ne nous reste plus que sa touchante image,
Et, dans nos actions, son souvenir puissant;

Dépouillons-nous souvent de la fraîche couronne
Et des lauriers chéris que la lyre nous donne;
Allons, le front couvert d'un long crêpe de deuil,
Allons, à deux genoux, sur une froide pierre,
Pleurer souvent, au sein du sombre cimetière,
Tout ce que peut d'amour dévorer un cercueil!!

C'est alors seulement que sur la mer profonde,
Où flotte notre vie et qu'on nomme le monde,
Nous n'apercevrons plus qu'un horizon sans fin;
Que dans l'épaisse nuit, sous un Ciel sans étoiles,
Au souffle du hasard, voguant à pleines voiles,
En vain nous attendrons le soleil du matin.

C'est alors seulement que d'absynthe abreuvée,
Par le vent des douleurs notre âme soulevée
Ne saura plus bénir les hauts décrets de Dieu;
Que nous crirons sans cesse: Oh! ma mère! ma mère!
Sans que rien nous réponde et nous montre la terre;
Et que nous comprendrons ce que c'est qu'un adieu!

TRADUCTION D'HORACE.

(Livre II, Ode IX).

DIALOGUE.

Donec gratus eram tibi,

HORACE.

Tant qu'à ton cœur léger j'eus le talent de plaire,
Avant que d'un rival vainqueur et téméraire
Lydie avec douceur eût écouté les vœux;
Avant que ce rival eût, d'un bras idolâtre,
Pressé ton cou d'albâtre;
Plus que le roi de Perse, Horace fut heureux!

LYDIE.

Tant qu'à tes premiers feux ton âme fut fidèle,
Que plus que moi Chloé ne te parut pas belle,
Que sans le partager je possédai ton cœur;
La Renommée au loin a célébré Lydie,
Et la romaine Ilie
N'eût pas autant que moi de gloire et de bonheur!

HORACE.

Aujourd'hui c'est Chloé, de la Thrace venue,
Que j'aime et que mon cœur pour reine a reconnue;
Chloé qui sur sa lyre accompagne ses chants,
Chloé pour qui, sans peur, je donnerais ma vie,
Si la Parque ennemie
Promettait d'épargner à ce prix ses beaux ans!

LYDIE.

Pour le fils d'Ornythus je sens brûler mon âme;
Calaïs, dans mon cœur, a fait naître la flamme
Dont l'ardeur mutuelle embrase nos amours;
Pour lui je donnerais deux fois mon existence,
Si j'avais l'espérance
Qu'à ce prix le trépas épargnât ses beaux jours!

HORACE.

Mais quoi? si renaissait notre première ivresse,
Si Vénus, rallumant notre ancienne tendresse,
Voulait nous réunir pour toujours sous ses lois,
Et si Chloé la blonde était par moi bannie,
Et si pour toi, Lydie,
Ma demeure s'ouvrait une seconde fois.......

LYDIE.

Oh! bien qu'il soit plus beau qu'une étoile brillante,
Que tu sois plus léger que la feuille volante,
Plus prompt à t'irriter que le flot à mugir;
Je voudrais avec toi passer ma vie entière,
A mon heure dernière,
Avec toi je serais heureuse de mourir!

ÉPITAPHE D'UN CHAT DE Mlle. E.

Je fus le plus heureux des chats,
Chacun m'aima pendant ma vie;
Mais cela ne m'étonne pas,
Ma maîtresse était si jolie!!

LE CHAT, LA JEUNE SOURIS ET SA MÈRE.

IMITATION.

LE CHAT *à la jeune souris, d'un ton passionné.*

Petite, viens que je t'embrasse!
Tout mon bien je veux te l'offrir.
Près de moi t'attend le plaisir,
Loin de toi le plaisir me lasse.

LA MÈRE, *arrêtant sa fille.*

Fuis, cher enfant, fuis ce cruel;
Il te dresse un piège mortel.

LA JEUNE SOURIS, *avec naïveté.*

Je n'ai pas peur, j'aime à l'entendre;
Son œil est doux, sa voix est tendre.

LE CHAT, *d'un air doucereux.*

Vois ce sucre délicieux,
Mon amitié te le destine;
Oh! ta vieille mère badine,
Viens goûter ce mets savoureux.

LA MÈRE, *avec force.*

Prends la fuite, te dis-je encore!

LA JEUNE SOURIS, *immobile.*

Me veut-il du mal? je l'ignore.

LE CHAT, *d'un ton persuasif.*

De quoi, mon ange, aurais-tu peur
Lorsque je t'offre le bonheur?

LA MÈRE, *indignée.*

Le méchant! la langue trompeuse!

LA JEUNE SOURIS, *indécise.*

Hélas! que croire?

LA MÈRE, *avec effroi.*

Malheureuse
Tu te perds si tu fais un pas!

LE CHAT, *se léchant traitreusement les moustaches, en voyant la jeune souris s'avancer vers lui.*

Laisse dire la radoteuse,
Que ses cris ne t'arrêtent pas!

LA JEUNE SOURIS, *saisie par le chat qui la croque.*

Grand Dieu! le monstre me déchire;
Hélas! sous sa griffe j'expire....
Ma mère, vous aviez raison,
Le sucre cachait le poison!

ÉPITRE

AUX FLEURS DE MA CROISÉE.

Tendres fleurs, que ma main cultive,
Ecoutez un instant mes vers.
Si pour vous mon amitié vive
Adoucit le froid des hivers;
Si j'ai, d'une eau pure et limpide,
Attentif à tous vos besoins,
Arrosé cette terre aride
Où vous languiriez sans mes soins;
Si, lorsqu'une chaleur ardente
Courbe vos fronts si grâcieux,
C'est ma main toujours bienfaisante,
Qui vous offre un asile heureux;
Si vous vivez, dans ma chambrette,
A mes côtés, comme des sœurs,
En bon ami, si je vous traite,
Conduisez-vous en bonnes fleurs!
Depuis le jour où la déesse
Qui règne, m'a-t-on dit, sur vous,
En vous cédant à ma tendresse,
A rendu mon destin plus doux;
Vous avez bien compris sans doute
Qu'ici pourtant je fais la loi.
Un poète aime qu'on l'écoute;
Gentilles fleurs écoutez-moi.
Je vous promets, en récompense,
De donner ce soir les ciseaux,
Qui tranchaient la jeune existence
De vos boutons frais et nouveaux;
Et dût me gronder ma maitresse,
Dût sur moi tomber son courroux,
Jamais une lame traîtresse
Ne s'appesantira sur vous.
Pourquoi cela vous fait-il rire?

Approchez, jolis Résédas,
Tout haut vous pouvez bien me dire
Ce que vous murmurez tout bas...
Je comprends, le corset d'Estelle
A reçu l'odorant larcin,
Que sur votre tige rebelle,
Trop souvent se permit ma main.
Oh! vous avez mauvaise grâce
De vous plaindre de votre sort;
Je voudrais bien à cette place
Attendre une aussi douce mort!
Sur le sein de celle que j'aime,
Vous répandîtes votre odeur;
Aussi mon indulgence extrême
Excuse ce moment d'humeur.
Et cependant cette indulgence
Vous réserve, pour vous punir,
Une charmante pénitence,
Que je ferais avec plaisir.
Vos fleurs suaves, éphémères,
Iront, telle est ma volonté,
Expier vos plaintes légères
Sous le fichu de la beauté.
Ma mauvaise humeur est passée;
Allez, Messieurs, retirez-vous,
Et faites place à la Pensée
Qui s'avance d'un air si doux.
Elle a toute ma confiance,
Estelle, de moi la reçut,
De ma juste reconnaissance,
Je lui réserve le tribut.
Elle peint ma flamme discrète
A celle que chérit mon cœur,
La Pensée est mon interprète
Près de l'objet de mon ardeur.
L'amour voilé sous son image
S'embellit encore à nos yeux,
Lorsque nous en faisons hommage
A celle qui nous rend heureux.
Mais je préfère cette Rose

Qui brille d'un si tendre éclat;
Le carmin le plus pur compose
Son teint charmant et délicat.
Mon amante est douce comme elle,
Elle a sa fraîcheur et ses traits,
Elle a cette épine cruelle
Qui défend ses jeunes attraits.
Car pareille à la sensitive,
Qu'en touchant on fait tressaillir,
J'ai vu mon amante craintive
Se dérober à mon désir;
J'ai vu, dans sa pudeur timide,
L'épine qui la défendait,
J'ai gardé sur ma lèvre avide
Le baiser qui s'en échappait.

Mais c'est assez sur ce chapitre,
Mes fleurs, prenons un autre tour;
Ces vers ne sont pas une épître
Que je veuille offrir à l'amour.
Non, c'est à vous que je m'adresse,
Et cela m'est presque aussi doux;
Ne parlons plus de ma maîtresse
Et parlons un peu plus de vous.

Or, sans me gêner davantage,
Et sans tenir en esclavage
Ma plume et la rime volage,
Pour vous offrir mon compliment,
Je veux rimer plus librement.
Un compliment de votre maître!
Cela vous étonne peut-être?
Faire un compliment à des fleurs
Est une chose peu commune,
Remerciez donc la Fortune
Qui vous accorde ses faveurs!
Mais surtout pas de jalousie
Et n'allez pas vous quereller,
Chacune de vous est jolie,

Et si je ne veux pas céler
Que votre présence m'est chère,
Je me mettrais fort en colère,
Si vous alliez rompre la paix.
Que cela n'arrive jamais,
Si vous tenez à mes bienfaits!
Me voici bien loin de la route
Qui mène au compliment, sans doute;
Or, sans plus tarder, revenons,
Comme l'on dit, à nos moutons.
Il faut que je vous remercie,
Car vous embellissez ma vie.
Grâce à vous le chagrin rongeur
Souvent s'envole de mon cœur;
Lorsque tout seul dans ma chambrette,
Je pense à l'avenir douteux,
Si sur vous je fixe les yeux,
C'est le calme après la tempête!
Votre parfum délicieux
Embaume ma longue retraite.
Toujours votre société
Est douce à mon cœur attristé;
Et des vers, lorsque la manie
Parfois vient tourmenter ma vie,
Pour trouver l'inspiration
Je vais invoquer Apollon,
Sous votre poétique ombrage.
Mais je vous dois bien davantage,
C'est vous qui me rendez plus sage.
En me retenant près de vous,
Vous m'évitez plus d'un naufrage,
Et vous me gagnez un suffrage
Qui m'est agréable entre tous;
C'est celui de celle que j'aime.
Jamais sa jalousie extrême
Ne se fâcha de cet amour,
Que pour vous je montre au grand jour.
Pauvre amante! hélas! elle ignore
Que vous me procurez encore
Un autre plaisir enchanteur.

Le soir et lorsque la fraicheur
Invite la beauté timide
A ralentir son pas rapide,
Souvent un désir curieux
Vers vous fait lever de beaux yeux;
Et moi que ce regard attire
Au sein du verdoyant berceau
Que vous m'offrez comme un rideau,
Je ne sais pourquoi je soupire.
Souvent ce regard est si beau
Que, sans le vouloir, infidèle,
Quelques instants j'oublie Estelle;
Mais bientôt je reviens vers elle,
Et je vous dois en ce moment
De n'être pas parjure amant.
La Rose m'offrant son image,
Pourrais-je oublier davantage
L'objet de mon amour brûlant?
Mes fleurs, vous voyez donc sans peine
Que si je suis reconnaissant,
Vous méritez assurément
Les vers que vous offre ma veine.
Lorsque sur moi le noir chagrin
Appesantit sa lourde main,
D'une distraction charmante
Vous m'offrez l'amorce odorante;
Bientôt s'affaiblit ma douleur
Lorsque vous versant une eau pure,
Je rêve à l'aimable Nature,
Pleine de charmes pour mon cœur,
Dont elle appaise le murmure;
Et lorsque mon démon des vers
Monte Pégase de travers,
Votre aspect flatte mon courage
Et je trouve enfin le passage
Qui me menaçait d'un revers.
D'Estelle vous m'offrez l'image,
Souvent plus d'un joli visage
Grâce à vous se tourne vers moi,
Et vous semez dans ma retraite,

Où je règne sur vous en roi,
Un parfum d'amour et de fête !

Pour l'avenir vivez en paix,
Et soyez certaines, mes belles,
Que de mes mains toujours fidèles
Les soins ne cesseront jamais.
De ma douce sollicitude,
Je saurai me faire une étude,
Je vous comblerai de bienfaits.
Une brillante porcelaine
Dès demain aura remplacé
Tout pot que je vois avec peine
Par le temps rongeur offensé.
Sous un toit de gaze légère,
Vous pourrez braver la poussière
Que jette à grands flots la cité.
Vous, pour toute reconnaissance,
Prodiguez-moi la jouissance
De vos parfums délicieux.
Vos jours seront dignes d'envie,
Je veillerai sur votre vie
Comme sur un bien précieux;
Et quand la main de la vieillesse,
Trompant ma bienveillante adresse,
Vous dérobera vos appas,
Vous jouirez dans cet asile
Des douceurs d'un repos tranquille
Et vous ne me quitterez pas.
Après vos beaux jours trop rapides,
Vous vivrez encor sous ma main,
Et dans mon cabinet voisin,
Vous trouverez les invalides.

GYMNASE-CASTELLI.

PREMIÈRE REPRÉSENTATION.

Connaissez-vous la troupe de M. Castelli? Avez-vous vu le Gymnase-Castelli? Avez-vous lu les articles du journal *le Nord* qui font les plus grands éloges des jeunes acteurs? Irez-vous dimanche à la première représentation que le Gymnase-Castelli donne à Dunkerque? Telles étaient les questions que l'on me faisait coup sur coup samedi dernier, questions auxquelles, en conscience, je ne savais trop que répondre, ne voulant m'engager, et pour cause, ni par un oui ni par un non. Et dimanche en sortant du spectacle, mes amis de m'interroger de plus belle et de dire: Eh bien! que penses-tu du Gymnase-Castelli et en particulier de Mlle. Célestine-Zoé la petite jardinière, de M. Paul-Bernardet le substitut? Que penses-tu de M. Félix-Guilhery, de Mlle. Régine, grande-duchesse de Toscane, de M. Alexandre-Pierre Rousselet, des danseurs et des danseuses, de M. Frédéric-Mathéus-Colombus le philosophe, le docteur en médecine? A ce flux de questions nouvelles une seule réponse me suffisait alors: inconcevable! admirable! enchanteur! disais-je, et personne ne trouvait mon jugement faux ou exagéré, et personne n'interjetait appel de mon jugement.... Mais pour vous, mesdemoiselles, mesdames et messieurs, mais pour vous, mes lecteurs et mes lectrices, cette laconique réponse ne suffit pas. Je vais donc recueillir mes souvenirs et vous faire part des sensations que j'ai éprouvées dimanche soir à la première représentation des jeunes artistes; artistes de dix ans qui commencent mieux que bien des artistes de cinquante ne finissent; qui de leurs petites jambes sautent à pieds joints et hardiment au-dessus des difficultés de l'art théâtral, et notez bien qu'ici je ne veux pas encore vous parler du ballet, le ballet ne viendra que plus tard.

Et d'abord, pour mettre de l'ordre dans le chaos de mon admiration et de mes idées, je commence par le commencement, comme bien d'autres; le commencement est presque toujours ce que je sais le mieux. Tout le monde a vu ou lu le joli vaudeville de Scribe, *Zoé*, ou *l'amant prêté*. C'est une des pièces où l'auteur n'a pas prodigué les millions qui ne lui coûtent rien, les vieux soldats de l'empire qui ne lui coûtent pas davantage: à peine trouvons-nous dans le cours de l'ouvrage un mince contrat de dix mille francs en faveur de la gentille *Zoé*. Aussi pas de clinquant ; c'est la fraicheur toute veloutée du rôle de la petite jardinière, c'est la simplicité naïve et plus que naïve du rôle de Pierre Rousselet qui font la fortune de la pièce. On ne saurait, pour être juste, donner trop d'éloges à Mlle. Célestine. Elle m'a bien souvent rappelé Jenny-Vertpré que j'ai vue dans ce même rôle il y a quelques années. Il est impossible d'en vouloir avec plus de grâce aux amoureux qui l'oublient cette pauvre Zoé, elle si jolie, si fraiche qu'on la prendrait volontiers pour une des roses qu'elle cultive. Il est impossible d'aimer mieux ce simple et très-simple Pierre Rousselet qui ne s'avise de l'aimer à son tour que par esprit d'imitation et lorsqu'il s'aperçoit que tout le monde l'aime. Je viens de citer Pierre Rousselet et ce nom me rappelle M. Alexandre qui s'est acquitté de sa tâche aussi bien que Zoé de la sienne. C'est tout dire !

Après *Zoé* le Gymnase-Castelli a donné *Théobald*. *Théobald* est un vaudeville aussi de M. Scribe. Citez-moi, s'il vous plait, un vaudeville où M. Scribe n'ait pas mis la main. *Théobald* est aussi connu que *Zoé*, je n'en ferai donc pas l'analyse; il me suffira d'offrir un tribut mérité d'éloges à M. Paul qui s'est acquitté en perfection de son rôle de Bernardet, le substitut, qui s'est grandi d'un pied en refusant le duel, qui a été sublime en se couvrant alors si brusquement de son chapeau au risque de voir s'écrouler l'édifice *audacieux* de son *immense* toupet. Remarquez: que j'entasse les épithètes pour parler du toupet de M. Paul, que je mets

Ossa sur Pélion, Pélion sur Ossa.

Que cela ne vous étonne pas ; de ma vie je n'avais vu un pareil toupet et c'était vraiment pour M. Paul le sublime de l'art ou plutôt du naturel, que d'oublier alors ce toupet si bien peigné, si audacieux ! M. Paul n'a pas reculé devant la difficulté et son toupet est sorti cependant victorieux de ce rude assaut. Honneur à M. Paul ! Honneur au toupet de M. Paul !!

Disons maintenant un mot de *la Grande-Duchesse*, vaudeville en un acte, pièce évidemment faite pour le Gymnase-Castelli, pour Mlle. Régine et M. Félix. Voici en quelques mots l'analyse de cet ouvrage: Léopoldine, grande-duchesse de Toscane, a sept ans, et toute grande princesse qu'elle est elle n'a pas reçu du Ciel la science infuse ; il faut donc, hélas ! que Léopoldine apprenne sa leçon tout comme la fille d'un petit bourgeois apprend la sienne, et il paraît que cela ne lui plaît pas toujours infiniment, car son précepteur, le docte philosophe Matheus Colombus, est forcé d'employer envers elle, comme on dit vulgairement, les moyens de rigueur. Oui vraiment les moyens de rigueur! Mais admirez avec moi le système pénitentiaire du philosophe Matheus Colombus! Il fait venir du village le petit Guilhery, gentil petit paysan tout rond, tout frais, tout naïf, qui apporte à la grande-duchesse une galette et un pot de beurre frais, comme autrefois le petit Chaperon rouge en apportait à sa grand-mère, et de plus Guilhery est frère de lait de Léopoldine. Puis Matheus Colombus le philosophe déclare à la grande-duchesse que toutes les punitions qu'elle aura méritées retomberont nécessairement sur ce pauvre Guilhery qui n'en peut mais. Guilhery ne dînera donc pas quand Léopoldine aura été condamnée au pain sec; Guilhery baissera ses chausses toutes les fois que la grande-duchesse aura mérité le fouet! Le fouet! le fouet, dites-vous? On ne donne pas le fouet à une grande-duchesse! D'accord, mais avec un Guilhery on n'y regarde pas de si près.

Pour que son frère de lait ne soit pas trop souvent puni à cause d'elle, Léopoldine qui a bon cœur apprend ses leçons, et si ce n'était les tourments de la politique qui viennent interrompre le cours de son bonheur, elle s'accommoderait très-bien d'étudier l'histoire d'Angleterre et de danser avec son frère de lait Guilhery. Mais hélas! on a décidé son mariage avec le prince Ferdinand de Farnèse pour lequel le petit cœur de la grande-duchesse ne parle pas encore, comme vous pensez bien; et puis Léopoldine découvre que le prince de Farnèse aime Valentine de Padzi, une de ses demoiselles d'honneur. Léopoldine, qui ne manque pas de belles qualités et qui n'a pas encore le temps d'être jalouse, se hâte vite, vite d'apprendre sa leçon; elle fait assembler toute sa cour qui arrive, le philosophe Mathéus Colombus en tête; et debout sur les premières marches de son trône, la princesse prononce un discours par lequel elle déclare formellement renoncer à l'union que l'on avait projetée pour elle. Ce discours est justement celui d'Elisabeth d'Angleterre que Matheus lui a donné à apprendre. Le philosophe est en extase, il applaudit son élève et s'applaudit lui-même de son système qui a produit en peu de temps de si bons effets. Jamais, selon lui, Léopoldine n'a eu tant de mémoire!!! Mais le prince Farnèse et Valentine ne s'y trompent pas, et la pièce finit ainsi à la satisfaction générale des acteurs qui sont contents, et des spectateurs qui sont contents aussi. Ce vaudeville est plein de détails charmants qui sont rendus avec finesse par Mlle. Régine et par M. Félix. M. Frédéric remplit dignement la charge de Matheus Colombus le philosophe ; M. Frédéric est le père noble, le Ferville du Gymnase-Castelli et il est à la hauteur de son emploi. Il mérite surtout des éloges pour la manière dont il s'est acquitté du rôle de Raymond, le docteur en médecine, dans *Théobald*.

Si nous n'étions forcés d'être plus brefs que nous ne le voudrions bien, nous citerions ici Mlle. Irma qui a chanté avec beaucoup de goût un morceau de *la Pie Voleuse* ; Mlle. Charlotte qui a joué le rôle de Mme. de Lormoy dans *Théobald ;* enfin, nous citerions presque tout le monde, mais puisque le temps et l'espace nous manquent, nous dirons pour finir, quelques mots des danseurs et des danseuses. Rien de grâcieux, rien de joli comme ces messieurs et ces dames du ballet ; la fraîcheur de leurs costumes, l'ensemble de leurs pas, leur légéreté vous captivent, vous enchantent. Cela ressemble un peu à une vision des Mille et une Nuits. Vraiment Mlles. Fanny, Rosalie et Flore, vous êtes charmantes et vous méritez bien les applaudissements que l'on vous a prodigués. Vous êtes les Eslers, les Taglionis du Gymnase. Vous irez loin si vous continuez à marcher de ce pas. Cette prophétie s'adresse aussi à vous, MM. Jules, Louis, Narcisse et Auguste !

P. S. Un de mes amis, pour le talent poétique duquel j'ai infiniment d'estime, ce qui ne surprendrait personne si je voulais le nommer ; un de mes amis, dis-je, m'apporte à l'instant une copie du billet qu'il a jeté dimanche sur la scène, et qui n'a pas été lu.... Pourquoi ? Ce billet renfermait des vers improvisés en l'honneur de Mlle. Célestine, pour laquelle cet ami professe une grande admiration. Mais il me prie de ne pas faire part à mes lecteurs de son chef-d'œuvre, parce que, dit-il, son impromptu, comme beaucoup d'autres qu'on lit dans les almanachs des Muses et des Grâces, paraîtrait avoir été fait à loisir. A-t-il tort? a-t-il raison?

IMPROMPTU A E. QUI M'AVAIT DEMANDÉ QUELLE DIFFÉRENCE JE FAISAIS ENTRE ELLE ET UN MELON.

D'un beau melon l'aspect me touche,
J'en suis gourmand, c'est un malheur.
Un melon sait plaire à ma bouche,
Mais vous, vous captivez mon cœur!

LE SYLPHE.

Ton berceau fut-il sur la terre ?
Ou n'es-tu qu'un souffle divin ?
A. DE LAMARTINE. (*Méditation XVII*)

Le jour de son éclat me blesse,
Je suis le Sylphe de la nuit,
Le besoin du sommeil me presse,
Aussitôt que le soleil luit.

L'herbe de perles arrosée
Que dore le matin vermeil,
M'offre un bain de pure rosée
Qui me prépare au doux sommeil.

Puis, amoureux d'un frais ombrage,
Sur la mousse je vais m'asseoir;
Au sein du paisible bocage,
En reposant j'attends le soir.

De mon aile couvrant ma tête,
Qui me verrait dans le bosquet,
Me prendrait pour une fauvette
Dormant dans son nid de duvet.

C'est le rossignol qui m'éveille;
Sitôt qu'il commence à chanter,
Sa voix répète à mon oreille
Que du soir il faut profiter.

Mon pied ne foule pas la terre ;
Quand je descends dans le vallon
Mon aile brillante et légère
Me soutient comme un papillon.

Je vole semblable au nuage
Que l'aube blanchit de ses feux;
Partout, la nuit, à mon passage,
Naissent des songes amoureux.

Ma voix est plus fraîche et plus pure
Que tous les concerts des oiseaux,
Et mon chant ressemble au murmure
D'une source dans les roseaux.

Sur mon épaule blanche ondoie
Une nappe de blonds cheveux
Plus doux que la plus douce soie;
Comme un beau ciel mes yeux sont bleus.

Comme l'abeille travailleuse
Je me nourris du suc des fleurs;
Je parfume ma lèvre heureuse
De leurs plus suaves odeurs.

Je n'ai de la nature humaine
Que son doux penchant à l'amour,
Souvent ce sentiment m'entraine
A braver les ardeurs du jour.

A midi, qu'une jeune fille
S'endorme à l'ombre de ces bois;
Je cours, sur sa lèvre gentille,
Cueillir cent baisers à la fois.

Elle m'aperçoit dans un rêve
Mêlé de crainte et de plaisir,
Son sein palpite et se soulève
Sous les feux naissants du désir.

Lorsque je vois la châtelaine
Le soir à son balcon venir,
Je vole et ma limpide haleine
La caresse comme un zéphir.

Dans l'alcove j'entre avec elle,
J'aime à planer à son chevet,
Et je raffraîchis de mon aile
Son front penché sur le duvet.

Par mes instants de jouissance
Je peux compter tous mes instants;
Comme un rêve mon existence
Se passe ainsi depuis mille ans!

LA VIE.

Enfant, l'homme dépense
Sa riante existence
Sans bruit;
Dans son adolescence
La menteuse espérance
Le suit;
A vingt ans il balance
Par l'amour, l'inconstance,
Conduit;
Plus tard, par l'opulence,
L'orgueil et la puissance,
Séduit;
Imprudent, il s'élance
Vers l'avenir immense
Qui fuit;
A la mort il ne pense
Qu'à l'instant où commence
La nuit!!

SONNETS

A UNE JEUNE FILLE.

Ange! lorsque tu viens te mêler à la danse
Que le bal entrelace en quadrilles joyeux,
Sais-tu pourquoi tout cœur tressaille en ta présence,
Pourquoi jamais ton œil ne rencontre nos yeux?

C'est que de ta beauté la magique puissance
Pénètre notre sein de pensers amoureux,
Et que tant de candeur défend ton innocence,
Que nous te vénérons comme un reflet des cieux.

Aussi quand nos regards que ton visage attire
Osent planer sur toi, préparés à te dire
Tout le feu qui s'allume en nous à ton aspect;

Soudain nous les baissons de crainte, jeune fille,
Que le secret désir qui dans nos yeux pétille
Te peigne trop d'amour, pas assez de respect!

L'ABSENCE.

Je ne connaissais pas les douleurs de l'absence,
Sous tes yeux s'écoulaient si limpides mes jours!
Ton départ imprévu brise mon espérance,
Me laisse triste et seul à pleurer mes amours.

Mon doux rêve n'est plus! obscure est l'existence
Que tu me faisais claire et riante toujours,
Et quand tu n'es pas là pour calmer ma souffrance,
De qui puis-je en ce monde implorer le secours?

Oh! reviens près de moi! si tu veux que je vive,
Viens appliquer ta lèvre à la blessure vive
Qu'en partant tu m'as faite et qui me saigne au cœur,

Ne tardes pas, je sens que ma force succombe;
Ta main peut sous mes pas combler encor ma tombe,
Car il me faut de toi la mort ou le bonheur!

LE RETOUR.

Tu n'as donc pas permis que loin de toi je meure;
J'implorais le bonheur et tu me l'as donné;
Un soleil plus brillant dorera ma demeure
Et des fleurs blanchiront à mon myrthe fané.

En vain à tes côtés rapide passe l'heure,
Le soir ne brunit plus mon chemin fortuné;
Si jeune est notre amour qu'en vain le temps l'effleure,
Pour la seconde fois ce matin il est né.

Sur mon sein palpitant pose ta blonde tête,
Ils sont passés les jours où l'affreuse tempête
En sifflant sur nos fronts voulait nous désunir;

Nous voguons maintenant dans la même nacelle,
Si l'orage soulève encor l'onde infidèle,
Les bras entrelacés regardons-le venir!

COUP-D'ŒIL AU CHAMP DE FOIRE.

LE SQUELETTE VIVANT. — NAPOLÉON. — LES TURCS. — LE MARCHAND DE GRAVURES. — BON SOIR.

Décidément le règne du laid n'est pas encore passé. Depuis qu'un poète, depuis que Victor Hugo a essayé, non sans succès, de réhabiliter le laid dans ses romans et dans ses drames, on en veut au théâtre, on en veut dans les feuilletons ; on en veut à la foire, on en veut partout et à tout prix. M. *** qui se dit dilettante, et que j'avais invité à aller entendre il y a quelques semaines une jeune et jolie cantatrice qui, hélas! a chanté dans le désert, M. *** qui n'avait pas agréé alors ma proposition, m'alléguant pour prétexte de son refus qu'il faisait trop chaud pour s'enfermer le soir dans un salon, à l'heure de la promenade ; M. ***, dis-je, M. *** le dilettante par excellence, si toutefois nous sommes obligés de l'en croire sur parole, n'a fait hier aucune difficulté de me suivre à midi en plein soleil, au plus fort de la chaleur, dans la loge de l'homme squelette, autrement dit le *squelette vivant*.

Ce phénomène vaut bien la peine, lecteur, que j'emprunte pour vous le peindre quelques touches à ma palette poétique. Cette palette est pauvre en couleurs, je le sais, mais si vous aimez les teintes brunes et sombres, si vous aimez le laid et le lugubre, je me crois en mesure de vous servir à souhait.

« Aimez-vous la muscade ? on en a mis partout. »

Lorsque le curieux que ce spectacle tente
A gravi les degrés de la maison roulante,
Et que dans le carrosse en salon transformé,
Sur la banquette assis il se voit enfermé,
Je ne sais quel air froid, je ne sais quel malaise
Circule dans son sang, sur sa poitrine pèse ;
Mais il lui semble alors que bientôt il va voir
Un spectre menaçant, comme on en voit le soir
Lorsque, traversant seul un cimetière sombre,
On croit apercevoir un squelette dans l'ombre,
Qui, sans fouler du pied l'asile du repos,
A vous suivre s'obstine et fait craquer ses os.

Et qu'on entend soudain s'agiter sous la terre
Un cadavre qui parle et se plaint dans sa bière.

C'est lorsque l'on est ainsi heureusement disposé au spectacle qui se prépare, que

Tout-à-coup un rideau des deux côtés se lève,
Et la réalité prend la place du rêve.
Réalité funeste, interprète du sort
Et qui porte à son front ces mots hideux : LA MORT.
Le squelette est vivant ! une peau transparente
De son corps décharné laisse voir la charpente,
Se colle sur ses os qui se choquant entre eux,
D'une horrible maigreur épouvantent les yeux.
Ainsi l'homme s'éteint quand l'affreuse phthisie
A la longue détend les ressorts de sa vie ;
Il se dessèche ainsi dans un lit de douleur,
Sur ses traits se répand une horrible pâleur,
Et ses poumons meurtris que le poison consume,
Epanchent sur sa lèvre une fétide écume.

Voilà en peu de mots, lecteur, les idées couleur de rose que la vue du phénomène que je vous ai décrit a fait naître en moi. Mon ami M. *** le dilettante, voulait cependant visiter encore les autres monstruosités qui se sont donné rendez-vous sur la place d'Orléans, mais je fis la sourde oreille à mon tour ; et peu sensible à sa prière, je me glissai dans la foule et je le laissai libre de passer son temps comme bon lui semblerait. Le spectacle que je venais de voir me rappelait trop vivement un ami bien cher, que je perdrai bientôt et qui n'a pas vingt ans.

Comme l'homme squelette, hélas ! le poitrinaire
N'a que l'âme et les os, et penche vers la terre.

Nous voici bien loin, dites-vous, d'une promenade à la foire ; pas si loin cependant que vous le croyez, car j'ai hâte de secouer toute lugubre pensée et je presse le pas vers la grande Place où j'espère trouver quelques distractions.

Lecteur, si vous voulez, nous partirons ensemble ;
Nous verrons ces marchands que le profit rassemble,
Nous verrons ces jouets, ces précieux bijoux
Que l'art a travaillés au bas prix de deux sous.

Et puis, si le Grand Homme et son visage austère,
Si son regard, reflet de son âme guerrière,
Si ses hauts faits, sa mort, sa gloire et son tombeau
Ont un charme pour vous toujours grand et nouveau,
Nous le verrons partout dans ces longues allées,
Des regards du passant si souvent saluées :
Le burin à nos yeux le retrace cent fois,
Son image surgit en pierre, en bronze, en bois ;
Bien mieux, nous pourrons voir, avec sa pose altière,
Bonaparte incrusté sur mainte tabatière,
Et contempler enfin, près d'un jouet d'enfant,
L'homme que l'univers surnomma *le Géant* !!

Si cette promesse vous a tenté, si vous avez pris mon bras, si vous me suivez dans mon excursion au champ de foire,

Lecteur, pour m'obliger, arrêtez-vous encore
Devant ce magasin que le burin décore :
Cent artistes fameux ont voulu l'enrichir,
Chaque objet tour-à-tour excite le désir :
Ici, Mars nous fait voir ses vastes funérailles ;
Plus loin, sont de l'Amour les charmantes batailles,
Les combats, les plaisirs, les belles et les fleurs ;
Les plus doux mouvements font palpiter nos cœurs.

Oui, je l'avoue, j'ai un faible, mais un faible bien fortement prononcé pour le magasin de gravures ; c'est toujours là que je m'arrête lorsque je me promène en flaneur et que je suis tout-à-fait libre de prendre mon plaisir où je le trouve et de m'amuser à ma guise.

Mais de loin j'aperçois les fils de Mahomet,
Débitant des parfums l'assortiment complet.
En français, avec grâce, ils parlent à nos belles,
Que leurs propos flatteurs ne trouvent pas cruelles.
Ils s'annoncent de loin, et sur l'aile du vent
Arrivent jusqu'à nous les parfums du Levant.
Ils vendent aux Chrétiens, le turban sur la tête ;
Devant leur magasin le promeneur s'arrête,
Et là, le samedi, le badaud curieux
Occupe en même temps et son nez et ses yeux.

Le magasin de MM. les Turcs, soit dit en passant, est un

des mieux assortis de la foire, et, prosaïquement parlant, nous vous le recommandons, ami lecteur, qui m'accompagnez.

Nous n'avons pas vu tout ce qu'il y a à voir, tant s'en faut, et cependant la nuit arrive; et vous savez qu'à Dunkerque les marchands du bazar ferment leurs magasins lorsque les poules vont dormir.

C'est dommage cependant! J'ai vu bien des foires en ma vie, des foires où les marchands ne dédaignaient pas d'allumer les quinquets, car c'est alors seulement que la scène s'anime.

Lorsque la nuit descend, quand les lustres s'allument,
En soins plus assidus les marchands se consument.
Ils savent que la nuit favorise toujours
Les larcins des filoux, les larcins des amours.

C'est alors, lecteur, que

Dans la foule bourdonne un essaim de grisettes
En tabliers d'indienne, en blanches colerettes;

Et que

De nombreux jeunes gens, quêtant un rendez-vous
S'élancent sur leurs pas en faisant les yeux doux.

Mais puisque pour leur sûreté personnelle et en faveur des bonnes mœurs, les marchands forains nous privent à Dunkerque de la promenade du soir; puisque les allées du bazar se vident et que nous entendons crier les grilles de bois qui nous menacent de nous faire prisonniers; lecteur, adieu pour ce soir. Si j'en ai le temps et la fantaisie, je vous menerai quelque jour visiter les oiseaux savants qui, dit-on, le sont autant que plusieurs académies et sociétés savantes, et nous achèverons de visiter ensemble les magasins de la foire. Comptez là-dessus, et en attendant dormez bien, et ne rêvez pas du squelette si c'est possible.

LA SAINT-NICOLAS

ET LE PETIT GARÇON.

FABLE.

Quel bonheur! c'est demain ma fête!
Disait un soir Jule à ses sœurs;
Que de jouets, que de douceurs,
Le bon St.-Nicolas m'apprête!
Ainsi parlait l'espiègle enfant,
En voulant cacher un sourire;
Mais l'une de ses sœurs, vers elle l'appelant,
L'embrasse et l'engage à lui dire
Pourquoi sa précoce raison
Semble douter de la puissance
Du grand saint, qu'un petit garçon
Doit tant aimer dans son enfance.
Jule semble hésiter; mais se fiant enfin
A la solennelle promesse
De cette sœur qui le caresse;
Avec un petit air mutin,
Il lui dit, en branlant la tête:
St.-Nicolas les donne et maman les achète,
Tous ces jouets, ces bonbons, que bientôt
Je recevrai, si tu n'en dis un mot!
Sa sœur fut du propos sage dépositaire;
Jule, le lendemain, se jetant dans ses bras,
Tout bas remerciait sa mère,
Tout haut vantait St.-Nicolas!

Que de gens, ici bas, à Jule sont semblables!
Mais l'enfant a raison lorsqu'eux seuls sont coupables:
N'importe qui leur donne, ils reçoivent toujours.
A quoi sert d'arrêter le ruisseau dans son cours,
Quand ses eaux, disent-ils, nous sont si profitables?
Ils ne recherchent pas si dans un sol fangeux
Ce ruisseau va prendre sa source;
Tous les dons sont beaux à leurs yeux,
Lorsqu'ils viennent grossir leur bourse.

LA SAINT-NICOLAS,

LE PETIT GARÇON ET SON FRÈRE.

(**Même sujet.**)

Mon frère, viens donc voir! Le baudet tutélaire
De Monseigneur St.-Nicolas,
Trouvera largement à manger, je l'espère;
J'ai mis du foin tout plein mes bas.
Aussi j'aurai, bien sûr, le beau polichinelle,
Et les bonbons et le pantin,
Et le grand cheval noir à bascule, et la selle
Que l'on m'acheta ce matin.
Jule, en parlant ainsi, fait le grand personnage.
Mais alors, sur le même ton,
Son frère aîné lui dit : Jule, tu n'es pas sage
De feindre le petit garçon.
Pour toi, si tu le veux, je vais à notre mère
Dire que tu sais le fin mot
De la St.-Nicolas, et que mon jeune frère
D'y croire n'est plus assez sot.
Enfant aux yeux de tous, cela fera ta gloire!
Tu seras Monsieur, bel et bien!
Sur ce point-ci, répond Jule, je veux te croire;
Mais le Monsieur n'aura plus rien.
Tais-tois; sois assuré de ma reconnaissance,
Ne parle pas de mon esprit;
J'aime bien mieux paraître avoir moins de science,
Car cela tourne à mon profit.
Son frère fut muet. Jule, sautant de joie,
Le lendemain eut le bonbon,
Le beau cheval paré de sa housse de soie;
Jule resta petit garçon.

La morale de cette histoire
Est bien facile à retracer:
Souvent le désir d'amasser
Etouffe celui de la gloire.

UNE NUIT DE CARNAVAL.

Novembre n'a pas encore atteint le milieu de sa course, la première heure de l'hiver n'a pas encore sonné, et cependant depuis plusieurs jours déjà, la gelée blanche a versé ses reflets d'argent sur les toits de nos demeures. Le vent du nord souffle avec violence, et les pas pressés des passants retentissent plus sonores sur les pavés des rues. Adieu, méditations douces et solitaires aux bords tranquilles de la mer, lorsque le soleil couchant dore les vagues de ses derniers rayons; adieu, belles promenades aux champs! La campagne a perdu sa parure de feuillage, les oiseaux se taisent en voltigeant dans les arbres dépouillés de verdure; le premier froid semble répandre un voile de tristesse sur tout ce qui nous entoure. Vite! qu'un feu bienfaisant brille au foyer domestique. Voici l'époque des longues soirées; serrez-vous tous autour de moi; c'est aujourd'hui que commence la veillée!

Ecoutez-moi aussi, vous pour qui l'hiver est un temps de plaisirs et de fêtes! hommes que la fortune regarde d'un œil de complaisance, et à qui elle ne refuse aucune des jouissances de la vie; écoutez-moi, et si le pauvre vient vous tendre une main suppliante, ne le repoussez pas! si sa voix grelottante vous demande l'aumône à la porte du bal, arrêtez-vous et donnez-lui le pain qu'il implore. Qui sait si un refus ne vous coûterait pas un remords?

Ecoutez! je veux ce soir vous conter une histoire bien triste, une histoire où j'ai joué un rôle hélas! trop fatal!

C'était la nuit du 3 mars 1829. Je m'en souviendrai toute ma vie, tant le spectacle déchirant dont je fus témoin, a gravé profondément cette date dans ma mémoire et dans mon cœur!

Depuis plus d'un mois une gelée cruelle exerçait ses rigueurs, les rues étaient couvertes d'une épaisse croûte de neige, d'énormes glaçons s'étaient peu-à-peu formés devant chaque maison, et rien n'annonçait encore que le froid dût bientôt fléchir. Vêtu d'un domino rose, au-dessus duquel j'avais jeté mon manteau, je me rendais à pied au bal masqué du théâtre de ***. Il était minuit passé, je marchais vite: j'avais froid, j'avais peur peut-être; car je savais que dans la ville, errait alors une foule de malheureux, sans pain et sans asile. On parlait confusément de plusieurs personnes arrêtées par des malfaiteurs la nuit précédente; et le souvenir de ce que j'avais entendu me faisait, plus que le froid, désirer d'arriver au bal.

Déjà j'apercevais de loin les lumières qui éclairaient le péristyle du théâtre, lorsque soudain je me sens arrêté par mon manteau. Un homme que je n'avais pas vu dans l'obscurité me barre le passage. « Monsieur, me dit-il d'une voix entrecoupée de sanglots, donnez-moi quelque chose pour ma mère; nous sommes sans feu et sans pain depuis deux jours. » A cette manière brusque et inusitée d'implorer, la nuit, la charité du passant, je ne sais quelle folle colère mêlée de frayeur s'empara de mon esprit et me fit repousser le mendiant qui réclamait de mon humanité le salut de sa mère; — Ce n'est pas ainsi que l'on demande l'aumôme, répondis-je, — et, pressant le pas, je fus bientôt au bal aussi content d'y être arrivé, que si avant d'y entrer je me fusse disposé au plaisir par une bonne action.

Vous avez tous vu un bal masqué, vous connaissez tous le spectacle pittoresque et bizarre qu'offre aux regards cette foule de masques de mille formes et de mille couleurs; foule joyeuse, turbulente et bavarde, ivre de danse et d'intrigues, de punch et de fol amour. Vous avez tous suivi parmi les détours de la salle ces couples mystérieux se cherchant et se perdant sans cesse; vous avez tous contemplé ces quadrilles où des députés de toutes les nations du globe, des représentants de toutes les professions de la société, des échantillons de tous les caprices de l'imagination et de la mode, semblent s'être donné rendez-vous pour faire assaut de gaîté et de folies. Eh bien! laissez-moi au milieu de ces masques qui se heurtent et se pressent; laissez-moi, comme eux, boire à longs traits l'oubli de la veille et du lendemain; assez tôt reviendront les affaires sérieuses! Je veux être heureux ce soir! La clarté des mille bougies, les tourbillons de la valse rapide, mes propres sensations, tout m'enivre, tout m'éblouit! Laissez-moi céder au torrent. Si la joie bruyante du bal vous fatigue, si vous voulez une ombre à mon tableau, si les contrastes vous plaisent, sortez du bal, transportez-vous rue de *** au rez-de-chaussée de la première maison que vous rencontrerez à gauche; entrez dans cette demeure pauvre et délabrée, et là contemplez mon œuvre!!

Dans une chambre glacée, sans meubles, sans un lit même! une pauvre femme est assise à terre au coin de la cheminée où brûlent en jetant une fumée épaisse quelques poignées de paille humide. Cette femme, couverte de méchants haillons, tient dans ses bras un enfant âgé de quelques mois à peine. Son pâle visage est effrayant de maigreur, un tremblement convulsif l'agite ; si ce tremblement cesse, trop faible pour se soutenir, elle semble s'affaisser sur elle-même. A côté d'elle gémit un petit garçon de sept à huit ans, dont la voix suppliante la tire tout-à-coup de sa léthargie. Mère, s'écrie-t-il en pleurant à chaudes larmes, je suis malade et j'ai faim ; pourquoi depuis deux jours oublies-tu ainsi de me donner du pain?

Ton frère n'est donc pas encore rentré, répond la pauvre femme en levant lentement la tête. Hélas! c'est lui qui devait ce soir nous apporter le pain que tu demandes. En disant ces mots, elle jette sur ses deux enfants un regard égaré par le froid et la faim, la misère et la douleur. Déjà toutes les angoisses d'une mère qui voit souffrir ce qu'elle a de plus cher au monde, sans que ses vœux et ses larmes puissent y porter remède, se sont peintes sur ses traits amaigris, lorsque son fils lui a demandé ce pain qu'il n'a pas été en son pouvoir de lui donner ; mais ses tourments ne sont-ils pas cent fois plus cruels et plus terribles encore, lorsque présentant le sein à son plus jeune enfant couché sur ses genoux, elle voit avec horreur que le pauvre petit est mort, mort de froid et de besoin ! La source de sa vie s'était tarie dans le sein desséché de sa mère. A cet affreux spectacle, le reste de ses forces abandonne cette femme infortunée ; c'est là le coup fatal qui hâte ses derniers moments ; elle presse avec désespoir contre son cœur déchiré le cadavre de son dernier né et expire.....

Ecoutez! c'est la quatrième heure de la nuit qui sonne au milieu des ténèbres à l'horloge de la ville ; si vous avez versé quelques larmes à l'aspect de cette scène de misère et de mort, revenez au bal, il en est temps ; aussi bien le bal va-t-il bientôt finir. Les groupes sont moins animés, le murmure des causeries s'éteint, comme les sons de l'orchestre épuisé, qui ne fait plus entendre que de rares contre-danses. L'air pèse moins épais sur la foule éclaircie des danseurs, l'éclat des bougies pâlit à l'approche du crépuscule. Harassés des plaisirs de la nuit, les masques fanés dans leur parure s'en vont les uns après les autres, ou profitent de l'obscurité qui règne encore pour échapper aux yeux observateurs qui les épient et s'esquiver deux à deux. Respectons le mystère dont quelques-uns se plaisent à s'envelopper, ne soulevons pas le voile dont ils se couvrent. Comme eux je sors du bal ; mais c'est pour regagner en hâte mon toit et mon lit. Ma nuit a été agitée, j'ai besoin de repos. J'ai besoin de repos, ai-je dit ; mais hélas! le sommeil est loin encore de ma paupière....

Sous le péristyle du théâtre un jeune homme, couvert de la livrée hideuse de la misère, implore la pitié publique, et de tous les masques qui passent devant lui pas un ne s'arrête pour lui tendre une aumône. Je reconnais sa voix, c'est la même que j'ai entendue la nuit en me rendant au bal. Cette voix qui m'a déjà une fois demandé du pain pour une mère mourante retentit en moi comme un remords, et m'approchant du malheureux: Conduis-moi auprès de ta famille, lui dis-je, si ta prière est l'accent de la vérité. Le mendiant tressaille, et sans me répondre s'empresse de marcher devant moi; je le suis poussé par une force inconnue, par un pressentiment, dont je ne cherche pas à me rendre compte.

Hélas! en arrivant, que n'eussé-je pas donné pour qu'il m'eût été permis de révoquer en doute l'horrible réalité du drame qui se déroulait à mes yeux! Un enfant mort, dans les bras de sa mère qui n'était plus elle-même qu'un cadavre; à quelques pas un être conservant à peine une forme humaine, un autre enfant à demi consumé; tel était le dénouement de ce drame; dénouement fatal qui me laissait trop facilement deviner les scènes funestes qui l'avaient amené!

Sans doute le pauvre enfant ayant cru sa mère évanouie de froid, avait voulu ranimer de son souffle la flamme expirante du foyer; le feu s'était attaché à ses vêtements et les ravages de la flamme plus prompts que ceux de la faim avaient mis un terme à ses souffrances.

Je ne chercherai pas à peindre la douleur profonde du malheureux jeune homme qui survivait à sa mère et à ses frères, et qui voyait leurs corps défigurés par le feu et raidis plus tard par la gelée, étendus livides à ses pieds. Il est des douleurs que l'on ne peut exprimer sans les avoir senties, et encore!!......

Après quelques instants d'un silence déchirant, mon guide dont les yeux étaient restés secs, me jeta un regard qui fut pour moi douloureux et aigu comme la lame d'un poignard dont j'aurais senti le froid pénétrer jusqu'à mon cœur à travers ma poitrine; saisissant comme une sentence de mort que l'on m'aurait lue.

Ah! Monsieur, me dit-il avec un geste d'horreur qu'il ne put réprimer, que ne m'avez-vous suivi quelques heures plus tôt!! Alors seulement il put pleurer........

Près de six années se sont écoulées depuis cette nuit fatale et je vois encore le geste du mendiant, j'entends encore sa voix me reprocher indirectement la mort de ses proches. Quelquefois, durant mon sommeil, cette image se dresse toute palpitante à mon chevet. Le temps ne peut rien contre de pareils souvenirs. Mais revenons au récit des événements qui ont rempli pour moi cette nuit cruelle. Grâce au ciel ce récit tire à sa fin. Le malheur que j'aurais pu empêcher était con-

sommé par ma faute, je voulus du moins être utile, autant qu'il était en moi, à l'infortuné dont ma conscience me reprochait les douleurs ; je vidai ma bourse entre ses mains ; et par mes soins sa mère et ses frères furent réunis dans la même sépulture. Sur leur tombe, je fis placer une inscription simple et touchante qui rappelait leur mort tragique. C'est là que je suis allé bien des fois méditer et chercher une grande leçon de charité. Ai-je besoin d'ajouter que je n'abandonnai plus le mendiant que j'avais repoussé la nuit du bal.

Des personnes auxquelles je contai cette histoire s'intéressèrent comme moi à son sort, le firent entrer dans un régiment et le recommandèrent à ses chefs. Doué d'une intelligence heureuse, et pourvu de plus de connaissances que l'on n'en aurait soupçonné en lui, sous ses haillons, le mendiant, fait soldat, a compris sa dignité et sa mission, il a fait preuve de zèle et de courage ; sous-officier dans le même corps où il est entré simple volontaire, l'étoile des braves et de l'honneur brille aujourd'hui sur sa poitrine ; au siège de la citadelle d'Anvers il a reçu cinq blessures et la croix.

Excusez-moi, oh! oui, excusez-moi d'avoir, dès ma première veillée, attristé vos âmes ; un hiver rigoureux s'annonce et aisément je me pardonnerai de vous avoir quelques instants péniblement affectés, si, lorsqu'un pauvre viendra au milieu de vos plaisirs vous tendre une main suppliante, vous y déposez votre aumône en souvenir de ma nuit de carnaval.

A E.

Qui en lisant mes vers m'accusait d'inconstance.

J'en conviens, jusqu'ici je fus léger, volage,
Du caprice enchanteur je caressai la loi ;
Mais je ne saurais plus voltiger davantage,
Si tu voulais enfin me fixer près de toi !

HOMÈRE ABANDONNÉ DANS L'ILE D'ITHAQUE PAR UN PILOTE GREC.

ÉLÉGIE.

L'air était calme et pur, un vent frais s'élevait;
Du pilote trompeur le vaisseau disparaît,
Sans guide abandonnant sur la rive étrangère
Un vieillard dont les yeux ont perdu la lumière.
Le hasard désormais peut seul guider ses pas:
O douleur! le soir vient, peut-être le trépas!
Alors l'infortuné, dans sa marche tardive,
Sent la nuit qui s'avance, et sa bouche plaintive
En gémissant s'adresse à ces Dieux immortels
Dont il a si souvent célébré les autels.
« Jupiter, mon refuge, ô toi dont la puissance
» Autrefois allégea le poids de ma souffrance,
» Ne m'abandonne pas; que ton divin secours
» M'aide encor à porter le fardeau de mes jours! »
Il dit: dans le lointain son oreille attentive
Croit entendre les sons d'une voix fugitive;
La voix, à chaque instant, s'approche, et le vieillard
Promène autour de lui son aveugle regard.....
Il écoute; son cœur renaît à l'espérance,
Les Dieux n'ont pas trompé sa noble confiance;
Ses vœux sont exaucés! Jupiter dans les cieux
Ne dédaigna jamais les pleurs des malheureux;
Il accorde à l'aveugle un guide tutélaire.
Conduisant le bélier et la chèvre légère,
Un berger, en chantant, passe sur le chemin....
« Je ne vois point, hélas! tendez-moi votre main!
» Au nom de mon malheur, passant, je vous implore;
» Je suis seul en ces lieux escarpés, et l'aurore,
» Quand demain vers les champs ira votre troupeau,
» Si vous m'abandonnez, luira sur mon tombeau!
» Si vous aimez les Dieux, écoutez ma prière,
» Prêtez-moi cette nuit l'abri d'une chaumière!! »

Venez, dit le berger, appuyez-vous encor
Sur mon bras, et bientôt nous serons chez Mentor.
Il est riche, il est bon, je l'ai choisi pour maître;
Le pauvre et l'orphelin gagnent à le connaître.
Vous serez bien reçu, car Mentor craint les Dieux,
Car lorsqu'il fait du bien Mentor se croit heureux!
« Que la félicité soit son juste partage,
» Lui répond le vieillard, et que dans leur naufrage
» Les malheureux, au nom de la divinité,
» Soient accueillis chez lui par l'hospitalité! »
Il dit, et s'appuyant sur le bras de son guide,
Il oublie un instant le pilote perfide;
Un plaisir inconnu pénètre dans son cœur,
Tant la pitié d'un homme adoucit le malheur!
Cependant il arrive: en voyant sa détresse,
A le bien recevoir le bon Mentor s'empresse.
A cet ami des Dieux, infirme, infortuné,
Par le sort bienfaisant sous son toit amené,
Il prodigue ses soins, et pour sa nourriture
Il présente au vieillard les dons de la nature,
Les fruits de ses jardins, et le pain, et le lait.
Le plaisir qu'il éprouve a payé son bienfait;
Mais de l'aveugle il veut connaître la naissance,
C'est tout ce qu'il attend de sa reconnaissance.
« Bon vieillard, lui dit-il, quel est votre pays?
» Votre âge, votre nom? Si loin de vos amis
» Qui vous a délaissé sur la rive étrangère?
» Je veux vous secourir; parlez »..........
.... « Je suis Homère!
» La Grèce qu'illustra mon luth harmonieux,
» Partout m'a repoussé comme un être odieux.
» De ses héros vainqueurs, consacrant la mémoire,
» Sans asile j'errai, moi, qui chantai sa gloire;
» Moi qui, l'associant à ma célébrité,
» La portai dans mes vers à l'immortalité.
» Dans ce pays ingrat, las de couler ma vie,
» Je voulus revenir au sein de ma patrie,
» J'y rêvais au tombeau, j'étais moins malheureux.
» Abusant de la nuit qui pèse sur mes yeux,
» Un pilote cruel, trompant ma confiance,

» Me laissa sur ces bords, sans guide, sans défense.
» Vous m'avez recueilli ; vos généreux secours
» Ont sauvé du trépas le reste de mes jours.
» Je ne puis méconnaître un aussi grand service ;
» Si le sort m'a jeté dans le pays d'Ulysse,
» Mes ans sur leur déclin et mes derniers travaux,
» Je veux les consacrer à chanter ce héros.
» En ces lieux j'oublierai la fortune cruelle ;
» Ma lyre sait donner une gloire immortelle,
» Ma lyre est le seul bien que je possède encor,
» Ses cordes rediront le beau nom de Mentor. »

LE PAPILLON.

Quel est cet insecte volage,
Paré des plus vives couleurs?
Nous charmer est son apanage;
Il voltige de fleurs en fleurs.

Au plus haut des airs il s'élance,
Ou paraît descendre des cieux;
Toujours sûr, dans son inconstance,
De plaire et de fixer nos yeux.

Volant dans la plaine éthérée,
Aussi léger que le zéphir ;
Il passe, et son aîle dorée
Nous semble émeraude et saphir.

Il vit sur la rose que Flore
Peignit d'un tendre vermillon.
Il boit les larmes de l'Aurore,
Et son nom est : le Papillon.

Du jeune amour il est l'emblême;
Comme lui, volage, imprudent,
L'infortuné va trop souvent
Se perdre à la flamme qu'il aime.

LE PREMIER CHEVEU BLANC.

MÉDITATION.

Il est donc vrai, mon Dieu, déjà ma nuit s'avance!
Lorsque mon jeune cœur palpite encor si fier,
Mon corps déjà vieillit et son hiver commence;
Déjà je ne suis plus ce que j'étais hier.

Déjà, dans mes cheveux, un cheveu blanc se cache;
Cependant je l'ai vu sans vouloir l'arracher.
De blancs cheveux, hélas! ne sont pas une tache
Au front que la douleur au matin fait pencher.

Car la douleur vieillit plus que les nuits de fêtes,
Plus que tous les élans du délire amoureux;
Car la douleur nous use et tarit, sur nos têtes,
La sève qui noircit l'ébène des cheveux.

Mais il est des tourments que le vulgaire ignore,
Lui qu'affaisse le poids de son destin obscur,
Et qui voit, d'un œil sec, au lever de l'aurore,
Le soleil s'allumer au sein d'un ciel d'azur.

Lui pour qui le parfum suave de la rose
N'est qu'une douce odeur que la rose produit;
Qui dans l'immense ciel ne voit pas autre chose
Qu'un nuage qui suit un nuage et s'enfuit.

Lui qui ne comprend pas quand le rossignol chante
L'hymne qu'au créateur adresse sa chanson;
Et qui, dans les concerts de sa voix saisissante,
Ne comprend que la note et n'entend que le son.

Lui pour qui la forêt, et la mer et la foule,
N'ont que des bruits confus qu'il ne peut démêler;
Lui qui ne comprend pas le chant de l'eau qui coule,
Ni l'aigle que sublime au ciel il voit voler.

Lui dont l'âme jamais de sa prison de boue
Au ciel ne s'élança sur l'aile de l'espoir;
Lui qui n'aime que l'or et dont la main ne joue
Qu'avec de vains hochets qu'il mendie au pouvoir.

Qui content de traîner son obscure existence,
N'a jamais essayé d'enchaîner l'avenir,
Ni de faire un grand nom à son humble naissance,
Et qui n'a jamais dit : Je ne veux pas mourir!

Non, ces sensations dont la force dévore,
Le vulgaire pesant ne les éprouve pas;
Au fleuve de la vie il nage, il nage encore,
Jusqu'au grand tourbillon qu'on nomme le trépas.

Du vieil âge jamais la marque trop certaine,
A son printemps brûlé ne vient faire un affront,
Et le temps seulement peut argenter l'ébène
Des boucles de cheveux dont s'ombrage son front.

Et lorsqu'il tombe enfin dans le béant abîme,
La gloire ne dit pas son nom mort aux échos,
Et sur la grève, à peine, en cherchant la victime,
L'amitié va pleurer et recueillir ses os.

Il n'en est pas ainsi des destins du poète.....
Son âme est un écho de la terre et du ciel
Qui résonne toujours et qui toujours répète
Des hymnes mélangés d'ambroisie ou de fiel.

Il voit des mots écrits sur mainte page blanche
Où le monde, en passant, ne vit rien avant lui,
Et, dans le grand naufrage, il saisit une planche
En s'écriant : Seigneur! merci, ton jour m'a lui!

Et son jour du Seigneur, c'est le jour où son âme,
Brisant tous les liens du prosaïsme dur,
Trouve la poésie et s'épure à sa flamme,
Et nage dans des flots d'harmonie et d'azur.

C'est son jour de bonheur! Voyez plutôt sa route!
Il foule des lauriers et des fleurs à-la-fois;
Il chante, il est poète, et l'univers écoute
Comme un accord divin l'oracle de sa voix.

Il est tout jeune encor, déjà sa gloire est mûre,
Déjà son navire entre à pleine voile au port;
De ses chants immortels, ainsi que d'une armure,
Il peut s'envelopper pour défier la mort!

Il a de son pouvoir la conscience intime,
Rien ne peut arrêter ses pas victorieux;
Le vulgaire gravit, lui, vole vers la cîme;
Le vulgaire est en bas quand son front touche aux cieux!!

Et lui, pour accomplir sa mission sacrée,
Lorsqu'elle tend au ciel tant de bras éperdus,
Jette des mots d'espoir à la foule éplorée,
Console les douleurs et fait croire aux vertus.

Oh! voilà le bonheur, la richesse, la gloire;
Voilà le sacerdoce éternel et puissant;
Voilà comme à son nom l'on burine une histoire;
Parmi tant de petits, voilà comme on est grand!!

Mais, au milieu des flots de ce peuple qui roule,
Dieu jette quelquefois des anges égarés,
Malheureux de se voir confondus dans la foule,
Eux pour un sort plus beau qui se sentent créés.

Oui, parmi tant d'humains qui consomment leur vie,
Passant insoucieux de la veille au sommeil,
Il en est quelques-uns, hommes de poésie,
Qui voudraient s'élancer et planer au soleil.

Mais le soleil pour eux de nuages se voile,
Leur voix sans force meurt ou sans écho s'enfuit ;
Mais le soir, pour leurs yeux, n'a pas même une étoile;
Mais leur jour sans lumière est semblable à la nuit!

Oh! qu'ils sentent alors des angoisses cruelles,
Oh! qu'ils souffrent, hélas! en cachant sans retour
Sous de lourds vêtements leurs poétiques ailes
Qui devaient les porter vers la gloire et l'amour!

Qu'ils souffrent en brisant leur espoir et leur lyre,
Eux qui n'ont que cela pour bonheur et pour bien;
Eux, dont le monde ignore ou nargue le martyre,
Eux nés pour être grands et qui ne seront rien!

Semblables à Chénier que l'échafaud réclame,
Ils se frappent le front au moment de finir,
Et disent, en tremblant d'interroger leur âme,
J'avais là quelque chose! Oh! c'est trop tôt mourir!

Et pendant le chemin de leur lente agonie,
Sur leurs fronts pâlissants blanchissent leurs cheveux;
L'heure sonne! Soudain, il faut quitter la vie.....
Ils laissent imparfaits leurs vers et leurs adieux.

A E.

En lui offrant une paire de pantoufles.

Accepte, s'il te plaît, la légère chaussure
Que va favoriser un trop heureux destin;
Car, à tes pieds charmants je voudrais, je le jure,
Comme elle me placer, le soir et le matin.

ÉLÉGIE.

Je te vis un instant et mon âme brûlante
S'élança d'elle-même au-devant du danger,
Et contre tant d'attraits rien ne put protéger
Mon cœur qui s'alluma d'une flamme imprudente.

Que fais-je cependant, malheureux que je suis?
Je m'offre sans défense aux coups d'une main sûre,
Je caresse le fer qui m'a fait ma blessure,
Ma souffrance me plaît et j'aime mes ennuis.

Rien ne peut mettre obstacle à ma course insensée;
Mon amour est ma vie et j'aime sans espoir,
Je veux jouir toujours du tourment de te voir,
Et te suivre partout de ma chaude pensée.

Et cet amour m'a fait semblable au nautonnier
Qu'un invincible flot dans un abîme entraîne;
Sur mes bras frémissants je sens peser ma chaîne,
Mais la mort va briser les fers du prisonnier.

Je la sens qui s'approche, il n'est plus de remède
Aux profondes douleurs que tu me fais souffrir;
Car d'un œil sec, hélas! tu me verras mourir,
Sans calmer d'un regard le mal qui me possède.

Sans combat je me livre aux arrêts du destin,
Lui seul a pu guider mes pas en ta présence;
A quoi me servirait une folle espérance,
Si le coup qui me frappe est parti de sa main?

Permets-moi seulement de te dire: Je t'aime!
Réponds par un mensonge à mes derniers aveux,
Donne une illusion à mon cœur malheureux,
Je saurai la payer de ma vie elle-même.

Car un bonheur parfait ne nous est pas permis,
Car la vie avec toi ne peut être qu'un rêve;
Car un traître souvent se dévoile et se lève
Au milieu du banquet dressé par nos amis.

Car la vie avec toi ne peut être possible,
Ce serait un bonheur toujours constant et pur;
Le ciel n'est pas toujours brillant d'or et d'azur,
Et le malheur lui seul peut se dire invincible.

Je t'aime et vais mourir! voici mon dernier jour,
Ne me diras-tu rien? Oh! parle, je t'écoute!
Ange, sème une fleur à la fin de ma route;
Que je m'élance au ciel dans un rêve d'amour!

IMPROMPTU

A L. qui me demandait des vers.

Comment faire à votre louange
Des vers qui soient la vérité?
Qui vous dirait que vous êtes un ange
Resterait en dessous de la réalité!

SONNETS.

Sinite pueros venire ad me,
Evang. secundum Lucam. XVIII V. XVI.

Oh ! j'aime tant l'enfance et son visage rose,
J'aime tant son parler, son limpide regard,
Que je mets au-dessus de toute douce chose
L'enfant qui me chérit et me le dit sans art !

Entre son cœur et moi rien de faux ne se pose,
Mes baisers à son front n'enlèvent pas de fard ;
A tout détour menteur sa bonne âme est si close !
Sa bouche a tant de grâce en parlant au hasard !

Quand je tourne vers lui mes yeux lassés du monde,
Je sens se dissiper ma tristesse profonde,
Je crois voir au désert un oasis en fleurs.

Je voudrais prolonger sa candide ignorance,
Car ses charmes s'en vont, quand vient l'expérience
Qu'il achète plus tard au prix de tant de pleurs !

—

A UNE PETITE FILLE.

Ne vous mirez donc pas ainsi, petite fille,
C'est très-mal voyez-vous d'aimer tant le miroir ;
Trop souvent on vous dit que vous êtes gentille,
Au moins faites semblant de ne pas le savoir.

La beauté, mon enfant, est un éclair qui brille,
Sur elle gardez-vous de fonder votre espoir;
Finissez votre tâche, exercez votre aiguille,
Pour que votre maman vous embrasse ce soir.

De vos fraîches couleurs rien encor ne s'efface,
Le temps, sans les ternir, sur vos jolis yeux passe,
Votre frêle jeunesse a des charmes puissans;

Ne vous regardez plus dans la glace en cachette,
Oh! petite, si tôt ne soyez pas coquette;
Je vous pardonnerais si vous aviez trente ans!

A MADEMOISELLE C.-G.

Pour charmer de ses chants la nuit silencieuse,
Le rossignol reçut sa voix mélodieuse;
Pour captiver nos yeux, le lys eut sa blancheur,
La rose purpurine eut sa tendre couleur.

Dieu t'a fait mille dons de sa main généreuse;
Moins que toi Philomèle a la voix amoureuse,
Du lys, à tes côtés, pâlirait la splendeur,
La rose a moins que toi d'attraits et de fraîcheur.

Aussi quand tes concerts vont réveiller notre âme
D'un bonheur inconnu, ravis, céleste femme,
De tes accords divins nous sentons le pouvoir;

Mais, si nous contemplons un instant ton visage,
Notre admiration hésite et se partage,
Nous doutons s'il vaut mieux t'entendre ou bien te voir.

UN BAL DE NUIT A LA CAMPAGNE.

I.

Amis, entendez-vous l'orchestre de la danse?
Un jour pur et serein vous offrit l'espérance
D'un bal délicieux;
La nuit tardive, enfin, se couvre de ses voiles,
Et le ciel, parsemé de brillantes étoiles,
Semble dire : Soyez heureux!

Venez, vous le savez, le bal a mille charmes
Pour l'âme d'un amant qui veut poser les armes
Aux pieds de la beauté;
Le bal est pour un cœur brûlant de poésie,
Un Eden enchanteur où l'on goûte la vie,
Où l'on rêve la volupté.

Car, la main dans la main de celle que l'on aime,
Lui peindre les transports de son amour extrême,
Lui dévoiler son cœur,
Et dans les tourbillons de la valse enivrante,
Sentir, entre ses bras, palpiter son amante,
Amis, n'est-ce pas le bonheur?

Le vin ni la beauté ne font pas de rebelles,
Amis, buvons, dansons et courtisons nos belles,
Livrons-nous à l'amour;
Car tout s'unit ici pour enchanter nos âmes,
Tout s'unit pour verser dans nos seins mille flammes
Que l'âge emporte sans retour.

II.

Que j'aime à contempler le drapeau tricolore
Déployant sur nos fronts ses sublimes couleurs,

De ses plis ondoyants la salle se décore,
Ici comme partout il fait battre nos cœurs.
Dans le feuillage obscur c'est une fleur qui brille,
Plus grand, plus glorieux, par le temps respecté,
C'est un père assistant à ce bal de famille,
Il célèbre avec nous l'amour, la liberté.

La liberté! l'amour! ah! quelle noble ivresse
Nous a fait tressaillir à ces mots généreux.
A nos belles l'amour, le plaisir, la tendresse,
Le séduisant éclat qui pare ces beaux lieux!
Mais un plus noble lot nous revient en partage,
Et ce lot c'est la liberté!
Nous ne voulons que l'esclavage
De Bacchus et de la beauté!

Venez, puisque ce soir le plaisir nous rassemble,
Dans les galops légers lançons-nous tous ensemble,
Et, pour mieux célébrer cet asile de paix,
Goûtons quelques instants un bonheur véritable;
Que le vin sans tarir coule sur notre table,
Car sur un lendemain qui peut compter jamais!

III.

Ou si vous aimez mieux le sentier solitaire
Qu'offre à vos vœux brûlants la nuit de ces bosquets,
L'objet de vos désirs, dans l'ombre et le mystère,
Bientôt de votre cœur connaitra les secrets.
C'est là qu'une flamme fidèle
Par de tendres discours mollement se révèle,
C'est là, qu'au bruit mourant de l'orchestre lointain,
D'un amant quelquefois s'embellit le destin;
C'est là que sa voix sollicite
Un tendre aveu plein de douceurs;
C'est là qu'amour heureux évite
Les pas des autres promeneurs.

IV.

Mais si déjà le galop et la danse
Ont fatigué vos pieds ce matin si dispos,
Sous ces berceaux touffus, cherchez la jouissance
De la fraîcheur et du repos :
Contemplez cet essaim de blanches jeunes filles,
Et voyez s'enlacer des valses, des quadrilles,
Les mobiles anneaux.

Là, suivez des regards, au milieu de la foule,
Celle qui du bonheur vous a permis l'espoir,
Oubliez le temps qui s'écoule
Et le jour qui bientôt va succéder au soir.
Si du départ l'heure est venue,
Si la dernière danse est enfin obtenue
De l'orchestre épuisé des veilles de la nuit,
Profitez du temps qui s'enfuit,
Ami, courez à votre amante,
De votre bras qu'elle accepte l'appui;
Sur la route encor sombre, elle serait tremblante
Sans le secours de son ami.

V.

Ou si vous préférez rester à la campagne,
Ici, les flots mousseux d'un généreux champagne,
Dans le verre à long-pied pétilleront pour vous;
Vous chanterez en chœur ce refrain avec nous!

Le bal recèle mille charmes,
C'est là que nous posons les armes
Aux pieds charmants de la beauté;
Le bal est plein de poésie,
C'est là que nous goûtons la vie,
Que nous rêvons la volupté!!

Fives, 29 juillet 1834.

TRAHISON.

A mon ami P. C.

Froide, vaine, égoïste et ingrate, et pourtant si jolie.
J. Janin. (*L'Ane mort*).

Ami, tu la connus et tu sais le délire
Que son art séducteur à mon âme inspira;
Je crus en insensé ses pleurs et son sourire,
Et cette femme me trompa.

Les pleurs et le sourire étaient un jeu pour elle,
L'amour une ironie, un mot et rien de plus;
Je sentais, sous les feux de sa noire prunelle,
Mes sens tressaillir éperdus.

Elle savait si bien à ma flamme imprudente,
Prodiguer les semblans des transports les plus doux;
Elle savait si bien les baisers d'une amante,
Que je l'adorais à genoux.

Le soir, à la clarté de la lampe d'albâtre,
Ses regards se noyaient dans l'amour de mes yeux,
Et de ses longs regards, moi j'étais idolâtre
Et je ne vivais que par eux.

Elle était mon Eden, mon guide, ma maitresse,
Je me disais: A moi son âme, ses attraits!
Dans une coupe unique elle verse l'ivresse
De ses trésors les plus secrets!

Cette coupe, à mon gré chaque jour je la vide,
Et chaque jour, pour moi l'amour vient la remplir;
Coupe de voluptés, ah! que ma lèvre avide
Jamais ne puisse te tarir!!

Et par ma vive ardeur enivré de délices,
Insensé que j'étais, je n'apercevais pas
Qu'aveugle je marchais au bord des précipices
Que des fleurs cachaient à mes pas.

Le Destin me poussait à consommer ma perte,
Sur mes regards éteints pesait un lourd sommeil;
C'est alors qu'à mes pieds la route s'est ouverte....
Combien fut affreux mon réveil!!

Les regrets du passé devenaient mon partage;
Heureuse de mes pleurs et de mon désespoir,
L'ingrate me fuyait; et seul sur le rivage
Je ne devais plus la revoir.

De mortelles douleurs cette heure fut suivie.
Oh! pour moi, que les nuits furent longues sans sommeil!!
Je me sentais mourir, et désormais ma vie
N'était plus qu'un jour sans soleil.

Mes souvenirs minaient ma pesante existence,
Je succombais, hélas! encore à mon printemps...
Je me dis : Secouons le faix de la souffrance,
Espérons en de meilleurs temps.

Au ciel il peut pour moi briller plus d'une étoile,
Une autre passion peut adoucir mon mal,
Me rendre mon beau rêve, et couvrir de son voile
Un souvenir doux et fatal.

Nautonnier imprudent, séduit par l'espérance,
Je tentai de nouveau l'océan de l'amour;
Esclave, je repris les fers de sa puissance,
Et je me perdis sans retour.

Hélas! pour me guérir il n'est plus qu'un remède,
Le mal est trop pressant pour me permettre un choix,
Au souffle du passé sans le vouloir je cède,
Comme au vent la feuille des bois.

A toi seul j'aurai dit le secret de mon âme,
Ami, tu répondras à mon suprême adieu;
Seul, tu comprendras bien qu'on adore une femme
Comme un prêtre adore son dieu.

Tu me diras tout bas une sainte parole,
Un de ces mots connus de la tendre pitié,
Un mot parti du cœur, qui touche, qui console,
Et qui fait croire à l'amitié.

Et moi, je m'en irai vers un autre rivage,
Essayer des sentiers inconnus à mes pas;
De mon cœur tourmenté s'appaisera l'orage
Sous le froid baiser du trépas.

Toi, debout sur la rive, à mon heure dernière,
Tu suivras des regards la barque où je m'assieds;
Ta main que je chéris fermera ma paupière,
Si le flot me jette à tes pieds.

L'AMOUR FILIAL.

ÉLÉGIE.

Sur le hameau descend un nuage de neige,
La cloche tinte dans les cieux,
Avec un prêtre seul, sans pompe, sans cortège,
Passe un convoi silencieux.

Un enfant, tout en pleurs, dans sa douleur amère,
En chancelant suit pas à pas
Le prêtre accompagnant les restes de sa mère
Vers le champ glacé du trépas.

Le froid et le besoin ont seuls creusé sa tombe,
L'enfant n'a pu la secourir;
Orphelin, sans demeure, au chagrin il succombe,
Seul sur la terre, il veut mourir.

« Ah! ne vas pas chercher un trépas inutile,
» Pauvre enfant, nous plaignons ton sort;
» Nos bras te sont ouverts, ils t'offrent un asile
» Contre la misère et la mort.

Ainsi nous l'exhortons. D'une voix lamentable
Il nous tient ce triste discours:
« Ma mère est morte, et moi je me croirais coupable
» D'accepter vos tardifs secours.

» Que ferais-je ici bas? De ma mère expirante
» L'image me suit en tous lieux;
» Je veux mourir aussi; quelle sera contente
» De me retrouver dans les cieux!! »

Il dit : et nous voyons sur son pâle visage
Tarir les pleurs du désespoir ;
Il s'échappe à nos bras, et sans peur à son âge
Il fuit dans les ombres du soir.

Et ce matin, hélas ! au lever de l'aurore,
On le trouva sur le tombeau ;
Engourdi par le froid, mais respirant encore,
Il fut porté dans le hameau ;

Là, recevant les soins d'une main généreuse,
Mais succombant à sa douleur,
Il est mort...! Maintenant, près de sa mère heureuse,
L'ange a retrouvé le bonheur !

DERNIER SOUHAIT.

ÉLÉGIE.

Mais son amante ne vint pas
Visiter la pierre isolée,
Et le pâtre de la vallée
Troubla seul du bruit de ses pas
Le silence du mausolée.

MILLEVOYE.

Amis, éloignez-vous, respectez mon effroi,
Que puis-je encor pour vous à cette heure cruelle ?
Quand l'ange de la mort m'a meurtri de son aile,
Qu'attendez-vous de moi ?

Je ne saurais chanter quand le trépas s'avance,
Nulle corde aujourd'hui ne vibre dans mon cœur...
On peut chanter encor, quand reste l'espérance,
On peut chanter dans le malheur ;

Mais lorsque l'avenir disparaît à ma vue;
Mais lorsqu'à mon chevet une mère éperdue
Accuse en pleurant le Destin,
De mes doigts amaigris échappe enfin ma lyre,
Et je ne me sens pas la force de sourire
Au trépas qui glace mon sein.

Oh! oui, vous comprenez le mal qui me dévore.
Ce matin, voyez-vous, j'étais heureux encore;
Mon luth obéissant se pliait à ma loi,
Ma voix se modulait aux accents de mon âme;
Et ce soir, je me tais, faible comme une femme...
Le soleil s'est couché... tout a changé pour moi!

C'est en vain que souvent, aux jours de ma jeunesse,
Des songes de l'amour j'ai savouré l'ivresse,
Que j'ai rêvé mon nom par mes chants ennobli;
Hélas! je ne vois plus, en ce moment suprême,
Pour ma lyre et moi-même,
Qu'un avenir couvert de l'éternel oubli.

Ecoutez cependant ma suprême prière:
Montrez à mon amante où la croix funéraire,
De ses deux bras sauveurs protègera mon corps;
Etouffez les sanglots d'une douleur rebelle,
Et, plus calmes enfin, venez tous avec elle
Chanter sur mon tombeau le cantique des morts.

Si je ne descends pas tout entier dans la tombe,
Si mon âme survit à mon corps qui succombe,
A vos pleurs je viendrai demander un plaisir,
Je me ferai vivant dans votre souvenir;
Près de vous, j'oublirai les doux rêves de gloire,
Qui de mon existence ont trahi la moitié;
Trop heureux d'être encor présent à la mémoire
De l'amour et de l'amitié!

TABLE

DES PIÈCES CONTENUES DANS CE VOLUME.

FIN DE LA TABLE.

www.ingramcontent.com/pod-product-compliance
Ingram Content Group UK Ltd.
Pitfield, Milton Keynes, MK11 3LW, UK
UKHW021542260726
13993UKWH00002B/579